L'ALTERNATIVE AUX ANTIBIOTIQUES : SE SOIGNER AUTREMENT

Dr Gérard PACAUD

L'ALTERNATIVE AUX ANTIBIOTIQUES : SE SOIGNER AUTREMENT

•MARABOUT•

Ouvrage réalisé sous la direction éditoriale de Bernard Leduc.

Sommaire

Introduction

Le 20 novembre 2001, le Dr Bernard Kouchner, ministre délégué à la Santé, déclare solennellement, à l'occasion du lancement de son « Plan national pour préserver l'efficacité des antibiotiques » :

– Je veux constater une baisse de 10 % de la consommation d'antibiotiques avant l'hiver !

Quelques semaines auparavant, la directrice de l'OMS, le Dr Gro Harlem Brundtland, avait lancé un cri d'alarme pour dénoncer la montée de la résistance des souches bactériennes aux antibiotiques et le risque imminent, pour les médecins, de se trouver, de nouveau, impuissants devant les maladies infectieuses. Certains spécialistes épidémiologistes n'hésitent pas à affirmer que les antibiotiques seront devenus inutilisables dans vingt ans !

Il semble donc qu'il y ait péril en la demeure. Mais de quel péril s'agit-il donc et quelles en sont les causes ?

Le péril est celui d'un combat médical bien engagé que nous sommes en train de perdre par laxisme et manque de vigilance : le combat contre les maladies infectieuses.

Car nul doute que parmi les grandes avancées de la médecine moderne, celle qui a commencé avec Claude Bernard et Louis Pasteur pour la France, à la fin du XIXe siècle, figurent au premier rang les résultats exceptionnels obtenus dans le domaine de la pathologie infectieuse. Il faut se souvenir avec quelle terreur nos parents parlaient de la tuberculose, de la syphilis, de la typhoïde ou de la pneumonie des enfants pour constater que ces maladies, aujourd'hui, n'inquiètent plus du tout, peut-être un peu à tort, le grand public.

Quel miracle s'est donc produit en une centaine d'années pour entraîner un tel revirement de situation ? La réponse est simple : les antibiotiques sont passés par là et je crois qu'il n'est pas abusif de parler de miracles tant pour les médecins qui ont vécu les deux périodes, l'avant et l'après-antibiotiques, et qui ont pu comparer, que pour ceux qui, comme moi, sont nés à la médecine tout au début de leur large utilisation et ont été portés par ce grand espoir de sauver des vies même dans des situations apparemment désespérées.

Pourquoi faudrait-il donc, maintenant, protéger ces remèdes remarquables ? Tout simplement parce que l'être humain n'est pas « sage » et que, par facilité ou par cupidité, il refuse de voir l'évidence. Disons-le brutalement : après soixante années de mauvaise utilisation des antibiotiques, nous en sommes arrivés à un point où les bactéries responsables des infections les plus courantes sont devenues, dans une large proportion, résistantes à ces remèdes. Ce qui veut dire que, progressivement, nous allons être de nouveau désarmés dans les situations les plus critiques comme l'étaient nos aînés des années 1920. De plus, cela impose sans cesse aux chercheurs des laboratoires pharmaceutiques de trouver de nouveaux antibiotiques, ce qui coûte des fortunes, pour lutter contre les souches résistantes, sans espoir de voir le bout de cette quête infinie.

Pourquoi en est-on arrivé là ? Nous en sommes arrivés à cette situation d'urgence parce que les antibiotiques sont trop et souvent mal utilisés.

Pour illustrer le « trop souvent », il suffit de reprendre certains chiffres cités par les responsables du ministère de la Santé. On diagnostique environ 10 millions d'angines par an en France et, dans 9 millions des cas, des antibiotiques sont prescrits. Cependant, on sait que seulement 2 millions de prescriptions sont justifiables pour la raison simple que l'immense majorité de ces infections de la gorge sont provoquées par des virus sur lesquels les antibiotiques n'ont aucun effet. Le problème est donc de pouvoir faire la différence entre une angine virale et une autre bactérienne… ce qui n'est pas si facile si l'on n'utilise que les données de l'observation clinique. Des bandelettes-tests ont alors été mises au point et seront distribuées gratuitement aux médecins volontaires. En quelques secondes, un simple contact avec la gorge rouge du patient donne désormais la réponse. Dans ce domaine, une solution a donc été trouvée mais il a fallu du temps, beaucoup trop de temps, pendant lequel les staphylocoques, les streptocoques, les pneumocoques ou les haemophilus ont pu, tout à loisir, développer des caractères de résistance.

Pour illustrer le « souvent mal », il suffit d'évoquer cet incroyable scandale de l'utilisation trop systématique d'antibiotiques, dans de nombreux élevages de bovins notamment, ou encore ces habitudes médicales – tout à fait injustifiées et qui ont bien du mal à disparaître – de prescrire ces produits à titre préventif.

J'ai écrit ce livre parce que, depuis trente ans, je me bats pour une utilisation raisonnée des antibiotiques qui préserverait leur activité. Je suis microbiologiste de formation, ancien élève de l'Institut Pasteur et j'ai exercé ce métier pendant sept années à l'hôpital de la Pitié-Salpétrière, véritablement au cœur du monde des microbes. Par la suite, j'ai été médecin généraliste en choisissant toujours d'utiliser, quand cela était possible, des thérapeutiques qui me permettaient de faire l'économie des antibiotiques, comme l'homéopathie, la phytothérapie, l'acuponcture ou la nutrithérapie. Je témoigne donc d'expériences vécues et je tente de sensibiliser le plus grand nombre à ce problème de santé public qu'est la montée de la résistance des bactéries aux antibiotiques.

Comme dans chacun de mes ouvrages, j'essaie de faire de la vraie vulgarisation, c'est-à-dire d'expliquer avec le langage le plus simple mais sans sacrifier à la caricature. Il faut donc, pour tout comprendre, s'appliquer à se familiariser pas à pas avec ce monde des microbes qui nous environnent. Il suffit pour cela de me suivre, page après page.

PREMIÈRE PARTIE

Microbes et infections

LES MICROBES

On doit, paradoxalement, le mot « microbe » – qui veut dire « petite vie » – non pas à un biologiste mais à un chirurgien du nom de Sédillot qui proposa ce terme dans les années 1880, pour rassembler, dans une même famille, ces êtres vivants étranges, invisibles à l'œil nu mais bien visibles à l'aide de microscopes, dont on commençait à découvrir, notamment à la suite des travaux de Louis Pasteur en France et de Robert Koch en Allemagne, qu'ils pullulaient aussi bien dans notre environnement que sur notre peau, dans notre bouche ou dans nos intestins, et que certains étaient la cause directe de maladies parfois très graves.

Les microbes regroupent les bactéries, les champignons microscopiques, les parasites et les virus.

Le rapport de dimension entre un microbe et un animal ou un homme est impressionnant. Pour en avoir un aperçu, il suffit de savoir que nous sommes constitués de 10 000 milliards de cellules, petites unités de vie qui ont chacune leur rôle et dont l'ensemble assure toutes les fonctions qui nous permettent de vivre, et que, en face, chaque microbe n'est constitué que d'une seule ou de quelques cellules, beaucoup plus petites.

Si nous comparons les tailles, un être humain mesure entre 1,50 mètre et 2 mètres alors qu'un microbe mesure entre un micron (un millième de millimètre) et un millième de micron (un millionième de millimètre). On comprend qu'on ne puisse, dans les conditions normales, ni les voir ni les percevoir par le moyen de nos organes des sens.

Concernant leur capacité de reproduction, les microbes ont également de quoi nous étonner. Alors que l'on compte vingt ans entre deux générations d'êtres humains, une bactérie a le pouvoir de se multiplier beaucoup plus rapidement. Placée dans des conditions optimales, elle peut donner naissance à une copie identique en vingt minutes. Un calcul simple permet alors d'évaluer l'énormité des populations ainsi générées.

Ainsi, un millier de bactéries (une très petite colonie), correctement alimentées, donnent naissance à 8 388 608 000 (huit milliards trois cent quatre-vingt-huit millions six cent huit mille) individus identiques en seulement huit heures !

Une seule bactérie, si elle pouvait se diviser pendant quarante-huit heures, donnerait naissance à $2{,}2 \times 10^{43}$ bactéries dont le poids serait supérieur à celui de la terre. Cette hypothèse, évidemment invérifiable, permet cependant de comprendre la rapidité avec laquelle certains germes sont capables de faire mourir une personne infectée lorsque rien ne vient enrayer le processus de multiplication.

Nous baignons littéralement dans les microbes et, heureusement, nous entretenons avec la majorité d'entre eux des relations de bon voisinage.

Certains sont cependant capables de perturber plus ou moins gravement le fonctionnement des êtres vivants de leur entourage. On parle alors d'infection.

L'infection

Infection vient d'un verbe latin, « inficere, infectus », qui veut dire imprégner, mélanger. On dira donc qu'il y a infection lorsqu'un microbe, quel qu'il soit et par quelque moyen que ce soit, franchit la barrière cutanée, digestive ou pulmonaire du corps et vient « imprégner » le milieu intérieur.

Cela signifie que le très petit microbe va pénétrer l'organisme humain ou animal et tenter de s'y multiplier pour l'envahir. Compte tenu des chiffres de reproduction proposés ci-dessus, on comprend que cette invasion peut être explosive si le microbe trouve des conditions très favorables.

Évidemment, l'organisme envahi va se défendre. Pour cela, il peut mettre en œuvre un ensemble de moyens extrêmement performants regroupés sous le terme de « défenses immunitaires » (cf. page 79). Le but est alors de tuer et d'expulser les microbes envahisseurs tout en essayant de se constituer une mémoire défensive en prévision d'une prochaine attaque du même ennemi. Dans l'immense majorité des cas, l'organisme supérieur a le dernier mot et réussit à terrasser le microbe. Contrairement au récit biblique, c'est Goliath qui triomphe de David.

Les maladies infectieuses

Parfois, le microbe arrive à déjouer les défenses de l'organisme. Malgré sa petite taille, il possède une panoplie très fournie de combines et de ruses pour tromper l'hôte qui l'héberge contre son gré. La multiplication de l'agent infectieux peut alors entraîner des dommages plus ou moins graves. On a alors affaire à des maladies infectieuses : la grippe, l'angine, les otites, les sinusites, certaines diarrhées, les bronchites, les cystites en font partie. Nous les avons contractées ou nous les avons côtoyées mais les thérapeutiques modernes ont aidé le corps à lutter et, en fin de compte, Goliath s'est, de nouveau, retrouvé vainqueur.

Mais il arrive que la situation soit plus grave et que le microbe soit plus virulent, ce qui veut dire que son pouvoir d'agressivité est si fort que non seulement il déborde les défenses immunitaires mais qu'il continue de se multiplier malgré les traitements mis en œuvre. Dans ces conditions, les dommages créés aux organes peuvent être très importants et entraîner la mort. C'était fréquemment le cas, autrefois, au cours de maladies comme la variole, la typhoïde, le choléra, le charbon, la peste ou la fièvre jaune.

David, dans ces cas-là, triomphe de Goliath.

Les porteurs sains

Au cours d'épidémies, les différentes personnes qui hébergent un microbe ne réagissent pas de la même façon. Cela dépend, en grande partie, de la qualité de leurs défenses immunitaires (cf. page 79). Certaines développent une maladie avec des symptômes bien visibles mais d'autres ne présentent aucun signe et, cependant, continuent d'être l'hôte du microbe indésirable. On dit qu'elles sont des « porteurs sains ». Cette catégorie d'individus est particulièrement redoutable pour les problèmes de contagion. En effet, pour prendre l'exemple de la typhoïde où la maladie se transmet uniquement d'un être humain à un autre, un porteur sain peut contaminer des centaines de personnes sans le savoir et à l'insu du corps de santé.

Cette réalité, observée dans la plupart des maladies infectieuses, complique le contrôle d'une épidémie. Il pourrait en effet être judicieux de traiter tous les porteurs sains pour éviter le redémarrage de l'épidémie mais leur dépistage est une tâche quasiment impossible à réaliser.

On sait, par exemple, pour la typhoïde, que 2 à 5 % des malades restent porteurs du germe après la guérison. Le cas le plus célèbre de porteur sain fut une femme, Mary Malon, que l'on avait surnommée « Typhoïd Mary ». Cuisinière dans l'État de New York, elle infecta, en 1906, 53 personnes dont 5 devaient décéder. Après son identification comme porteur du germe, elle fut pratiquement considérée comme terroriste puisque détenue pendant trois ans et assignée à résidence sur North Brother Island pendant vingt-six ans ! Remise en liberté après avoir promis de ne plus jamais exercer son métier de cuisinière, elle fut à l'origine, cinq ans après, de 25 cas de typhoïde à l'hôpital des femmes de Manhattan.

LES DIFFÉRENTS MICROBES

Dans cet ensemble hétéroclite que constitue le groupe des microbes, les bactéries seront décrites en détail car elles sont la cible des antibiotiques qui font l'objet de l'argument de ce livre. Champignons microscopiques, parasites et virus seront simplement définis et succinctement décrits.

Les bactéries

Les bactéries sont des êtres monocellulaires de formes différentes. Chaque forme est associée à une dénomination. Ainsi, les bactéries sphériques sont appelées des « coques », celles qui sont en forme de bâtonnets sont appelées des « bacilles », celles qui sont incurvées sont nommées des « vibrions », celles qui sont en forme de fuseaux sont dites « fusiformes » et celles qui ondulent sont appelées des « spirilles ».

Une des caractéristiques très importantes d'une bactérie est le rapport de sa surface externe à son volume. Chez l'homme, ce rapport est environ de 20, ce qui signifie que la surface corporelle d'un homme est environ 20 fois son volume. Chez la bactérie, ce rapport est égal à 9 millions, ce qui signifie que la surface d'une bactérie est de 9 millions de fois son volume. Cela montre à quel point la bactérie est en contact très étroit avec son environnement et cela nous permet aussi de l'atteindre plus facilement lorsqu'on agit sur elle en utilisant les antibiotiques.

Les capacités de multiplication des bactéries ont été évoquées plus haut. Celle-ci se fait par un processus simple, non sexué, de division cellulaire. Après avoir reproduit son information génétique (chromosome, voir plus bas), la cellule bactérienne se coupe en deux cellules identiques qui, à leur tour, vont, chacune, donner deux autres bactéries et ainsi de suite.

Anatomie et fonctionnement d'une bactérie

Une bactérie a donc l'allure d'une sorte de sac au volume variable et déformable délimité par une paroi épaisse, plus ou moins rigide, qui la protège du milieu environnant. Sous cette paroi, vers l'intérieur, directement collée contre elle, se trouve une membrane plus fine appelée « membrane plasmique » qui assure des fonctions de respiration. Parfois, une membrane externe existe par-dessus la paroi, vers l'extérieur.

La structure de cette paroi revêt une importance capitale pour l'identification des différentes espèces de bactéries. Elle est, en effet, le support d'une technique de coloration appelée du nom de son inventeur, le Danois Hans Christian Gram, *coloration de Gram*. En effet, certaines espèces, appelées Gram +, apparaissent au microscope colorées en violet intense et d'autres espèces, appelées Gram -, apparaissent en rose pâle. Cela permet un début de classification des germes qui sera utilisé tout au long de cet ouvrage, notamment concernant la sensibilité aux différentes familles d'antibiotiques.

Paroi et membrane délimitent un volume dans lequel on peut identifier des organes, appelés dans ce cas « organites », qui assurent toutes les fonctions de la bactérie.

À peu près au centre de ce sac se trouve un seul chromosome circulaire (toujours un seul) fait d'une chaîne d'ADN (acide désoxyribonucléique) qui constitue le génome de la bactérie encore appelé patrimoine génétique. Il s'agit du stock d'informations nécessaires à la bactérie pour assurer tous les aspects de sa vie et sa reproduction. Au moment de se reproduire pour donner deux bactéries identiques, l'ADN est recopié pour donner deux chromosomes identiques. À ses côtés peuvent se trouver des petits bouts d'ADN également circulaires, appelés plasmides, porteurs d'un supplément d'information et particulièrement de celle qui entraîne la résistance aux antibiotiques. Contrairement au chromosome, les plasmides ne sont pas forcément transmis lors de la division en deux de la bactérie. En revanche, ils peuvent être transmis d'une bactérie à une autre, même entre espèces différentes, par un mécanisme qui est une ébauche de sexualité.

L'ADN du chromosome peut être, selon les besoins de la bactérie, recopié par séquences en ARN messager (acide ribonucléique) par un système de réplication qui ressemble à une photocopie et qui utilise comme outil une molécule appelée ARN-polymérase. Cet ARN messager, copie très exacte d'un segment d'information, peut être lu et transcrit sur de petits organites qui se trouvent en grand nombre dans la cellule bactérienne : les ribosomes. Ceux-ci sont capables de comprendre l'information et de la transformer aussitôt en une nouvelle molécule qu'ils fabriquent très rapidement : une protéine. Les ribosomes sont donc des machines à fabriquer des protéines de tailles et de fonctions variables sous les ordres de l'ADN du génome.

La plupart de ces protéines ont une fonction enzymatique. Cela signifie qu'elles sont capables d'assurer le bon déroulement des très nombreuses réactions biochimiques nécessaires à la vie de la bactérie. D'autres protéines sont dites de structure car elles participent à la construction des organites de la nouvelle bactérie qui naîtra du dédoublement de la bactérie mère.

Une partie des protéines fabriquées par les ribosomes seront excrétées à l'extérieur de la bactérie. Il s'agit notamment des toxines qui peuvent avoir une action très agressive sur l'organisme humain : c'est le cas de la toxine du vibrion cholérique ou de la toxine botulinique. Mais il s'agit aussi de protéines enzymatiques capables de couper les grosses molécules qui circulent autour d'elles pour les réduire en petites molécules plus assimilables. En effet, chaque bactérie puise sa nourriture dans son environnement immédiat et doit donc rendre assimilable ce qui ne l'est pas forcément.

Il faut enfin diviser les bactéries en deux grands groupes : celles qui ont besoin de l'oxygène pour vivre ou qui vivent en bonne entente avec lui et sont appelées « aérobies », et celles qui ne supportent pas la présence d'oxygène dans leur environnement et sont appelées « anaérobies ».

Tous les organites décrits ainsi que les différentes étapes du fonctionnement de la cellule bactérienne sont importants à connaître car ils peuvent constituer des cibles d'attaque pour l'action des antibiotiques qui sera décrite ci-dessous.

Bactéries à toxines

Il s'agit de bactéries d'un genre particulier, capables de fabriquer et de sécréter dans l'organisme où elles se multiplient une substance appelée « toxine » parce que celle-ci présente un grand pouvoir de nuisance pour cet organisme, au point, parfois, d'entraîner la mort. C'est le cas du bacille de la typhoïde (*Salmonella typhi*), du bacille du charbon (*Bacillus anthracis*), du vibrion du choléra et du bacille du botulisme (*Clostridium botulinum*) qui sécrète la toxine la plus puissante connue à ce jour.

Les antibiotiques sont actifs contre ces bactéries mais totalement inactifs sur les toxines. Le traitement de ces maladies est donc parfois délicat car la mort des bactéries peut entraîner la libération des molécules de toxines qu'elles contiennent et aggraver les symptômes !

Bactéries à spores

Certaines bactéries présentent une propriété singulière : placées dans des conditions difficiles de survie (milieu pauvre en nourriture par exemple), elles se transforment en cellules très protégées par une coque rigide, très résistante et imperméable, appelées « spores » qui peuvent survivre des années en attendant le retour de conditions favorables à leur développement. Les antibiotiques sont absolument inactifs sur ces spores qui peuvent même résister à l'action de certains désinfectants.

C'est le cas du bacille du charbon et de *Clostridium botulinum* qui produit la toxine botulinique.

Bactéries pathogènes

Il existe plusieurs milliers d'espèces de bactéries et toutes ne sont certainement pas encore connues. Par chance pour l'homme, le nombre de bactéries dites « pathogènes », c'est-à-dire capables de pénétrer dans l'organisme (infection) et d'y déclencher une maladie (maladie infectieuse), est faible. On en compte seulement cinquante-cinq.

Les plus connues sont énumérées ci-dessous avec les maladies qu'elles provoquent et les moyens de traitement à la disposition du corps médical.

Les problèmes de résistance aux antibiotiques seront chaque fois évoqués dans leur particularité. L'incidence de la pression de sélection qui facilite l'émergence de souches résistantes, notion qui sera détaillée plus loin (cf. page 65), sera indiquée chaque fois qu'elle est connue. En fonction de ces différents critères, les bactéries pathogènes seront donc classées en : « contrôlables », « méchantes » et « redoutables ».

Les contrôlables

Bacillus anthracis est un bacille à Gram +. Il est responsable de la *maladie du charbon*, affection à départ cutané le plus souvent, sous forme d'une pustule noirâtre au point de pénétration du germe, mais qui peut démarrer par une forme pulmonaire rapidement septicémique (prolifération des bacilles dans le sang). L'affection est très souvent mortelle si aucun traitement antibiotique n'est appliqué.

L'antibiothérapie est, à ce jour, encore très efficace. Les souches isolées sont sensibles à de nombreux antibiotiques.

La pression de sélection est réduite du fait d'une incidence relativement faible de la maladie.

Cette bactérie a récemment été utilisée sous forme de spores, par des terroristes, pour contaminer des enveloppes envoyées dans différentes villes des États-Unis. Les germes utilisés étaient sensibles aux antibiotiques. Cependant, quatre personnes sont décédées suite à l'inhalation de ces spores malgré le traitement entrepris dès le diagnostic posé.

On peut craindre que des souches résistantes à tous les antibiotiques ne soient fabriquées par des équipes terroristes du fait du développement des techniques de génie génétique qui deviennent très accessibles.

Bordetella pertussis (bacille de Bordet et Gengou) est un bacille à Gram -. Il est l'agent de la *coqueluche*, maladie infectieuse du nourrisson et de l'enfant, à localisation pulmonaire, caractérisée par des quintes de toux et une expectoration visqueuse, souvent mortelle chez les bébés avant la pratique de la vaccination qui en a considérablement réduit l'incidence. Les antibiotiques sont toujours actifs sur le germe. La pression de sélection est réduite du fait d'une incidence très faible de la maladie.

Borrelia burgdoferi est un spirochète qui ne se colore pas par la méthode de Gram. Il est responsable de la *maladie de Lyme* (nom de la ville américaine où elle fut décrite en 1976), affection qui démarre par une éruption cutanée autour d'une piqûre de tique qui inocule le germe et se poursuit par des atteintes articulaires récidivantes, nerveuses et cardiaques. Elle nécessite, après le diagnostic qui est parfois délicat, un traitement antibiotique de longue durée car le germe est difficile à atteindre. Il n'y a pas de problème majeur de résistance aux antibiotiques car la maladie est relativement rare et la pression de sélection des antibiotiques n'a pas pu s'exercer fortement.

Brucella melitensis et les espèces voisines, ***Brucella abortus ovis*** et ***Brucella abortus suis***, sont des bacilles à Gram -, agents de la *brucellose* encore appelée fièvre de Malte ou fièvre méditerranéenne ou fièvre ondulante, maladie du bétail (ovins, bovins et caprins) transmissible à l'homme. Elle se manifeste par une fièvre intermittente, irrégulière, ondulante avec des sueurs très abondantes et des douleurs diffuses. Les rechutes sont fréquentes et des atteintes viscérales sont alors possibles : le foie, la rate, les articulations, le système nerveux et, rarement, le cœur peuvent être touchés.

Le traitement antibiotique est efficace mais doit être prolongé car les germes sont localisés à l'intérieur des cellules humaines et donc plus difficilement accessibles. Il n'y a pas de problème majeur de résistance aux antibiotiques car la maladie est devenue rare dans les pays développés du fait du contrôle vétérinaire systématique des animaux. La pression de sélection des antibiotiques ne peut donc pas s'exercer fortement.

Ces bactéries ont été évoquées comme agents possibles de contamination dans la guerre bactériologique. Ils présentent en effet la caractéristique d'atteindre, en même temps, les animaux domestiques et l'homme.

Burkholderia mallei est un bacille à Gram -. Il est l'agent de la *morve*, maladie grave du cheval, transmissible à l'homme. Il s'agit d'une atteinte purulente cutanée et sous-cutanée avec participation des fosses nasales. L'homme développe aussi une affection pulmonaire.

Le traitement antibiotique est efficace mais doit être administré longtemps. Il n'y a pas de problème majeur de résistance aux antibiotiques car la maladie est rare et la pression de sélection des antibiotiques ne peut pas s'exercer fortement.

Ce germe a été utilisé pendant la guerre de 1914-1918 comme agent de contamination par les troupes allemandes et probablement par les troupes françaises.

Campylobacter jejuni, bacille à Gram -. Il est responsable de très nombreuses *gastro-entérites* plus ou moins graves avec diarrhées qui touchent les personnes de tous âges dans le monde entier. Véhiculé surtout par l'eau et le lait non pasteurisé.

Les antibiotiques sont très actifs. Il y a peu de problèmes de résistance aux antibiotiques car la maladie, bien que fréquente, reste souvent sans traitement et la pression de sélection des antibiotiques ne peut pas s'exercer.

Chlamydia psittaci, bacille à Gram -. Il est l'agent d'une maladie des oiseaux qui peuvent être porteurs sains du germe (surtout perruches, perroquets, pigeons, dindons, canards) transmissible à l'homme sous forme d'une affection générale appelée *psittacose* ou *ornithose*, avec fièvre, douleurs musculaires, maux de tête, atteinte pulmonaire et parfois encéphalite. La mortalité peut être élevée chez les personnes âgées.

Plusieurs antibiotiques sont actifs. Il y a peu de problèmes de résistance aux antibiotiques car la maladie, relativement rare, n'est pas toujours diagnostiquée et reste souvent sans traitement. La pression de sélection des antibiotiques ne peut donc pas s'exercer.

Chlamidia trachomatis, bacille à Gram -. Il est responsable de la *maladie vénérienne de Nicolas et Favre*, caractérisée par une ulcération génitale (un chancre) au point d'inoculation et un gonflement des ganglions lymphatiques de la région. Souvent, le germe provoque une infection à bas bruit avec inflammation et écoulement de l'urètre chez l'homme, inflammation du col utérin chez la femme où le diagnostic est difficile. On considère qu'un million de Français sont atteints chaque année et pas souvent dépistés.

Les antibiotiques doivent être administrés pendant 10 à 20 jours pour éradiquer l'infection et les partenaires sexuels doivent être traités conjointement. Il y a peu de problèmes de résistance aux antibiotiques car la maladie, bien que fréquente, reste souvent sans traitement et la pression de sélection des antibiotiques ne peut pas s'exercer.

Clostridium botulinum, bacille à Gram +. Il est responsable d'une affection, devenue heureusement rare, due à l'ingestion de charcuteries ou de conserves avariées parce que mal fabriquées ou mal stérilisées, le *botulisme*. Les germes fabriquent une toxine qui est la plus puissante connue à ce jour. Celle-ci entraîne une maladie avec troubles gastro-intestinaux (crampes, douleurs abdominales, vomissements et diarrhées) et atteinte du système nerveux central : sécheresse de la bouche, troubles de la vue, diplopie (vue double), paralysie du larynx, paralysie respiratoire dans les formes graves, faiblesse musculaire et paralysie progressive générale allant de haut en bas. En l'absence de traitement, la mort peut survenir en quelques jours. Celui-ci repose sur la réanimation et, selon les cas, la sérothérapie (sérums animaux fabriqués pour neutraliser l'action de la toxine).

L'utilisation des antibiotiques est, ici, inutile puisque c'est la toxine présente dans l'aliment qui est la cause des symptômes.

La toxine botulinique est également une arme de guerre et a été fabriquée en grande quantité par plusieurs pays pour cette éventuelle utilisation.

Francisella tularensis, bacille à Gram -. Il est responsable de la *tularémie*, maladie du lièvre transmissible à l'homme par contact direct d'un animal tué au cours de la chasse. La maladie débute par une fièvre importante, frissons avec douleurs musculaires diffuses, fatigue générale et ganglions au coude ou à l'aisselle (car le germe pénètre le plus souvent par la main qui a manipulé l'animal). Des complications pulmonaires sont fréquentes et l'affection peut traîner pendant des semaines voire des mois.

Les antibiotiques sont actifs et doivent être prescrits pendant au moins 15 jours. Il n'y a pas de problèmes de résistance aux antibiotiques car la maladie est rare. La pression de sélection des antibiotiques ne peut donc pas s'exercer.

Ce germe a été produit et stocké par de nombreux pays dans le cadre de la guerre bactériologique. On peut donc craindre, comme pour le bacille du charbon, que des souches résistantes à tous les antibiotiques ne soient fabriquées par des équipes terroristes du fait du développement des techniques de génie génétique qui deviennent très accessibles.

Haemophilus ducreyi, coccobacille à Gram -. Il est responsable du *chancre mou*, affection vénérienne caractérisée par des lésions profondes, multiples et douloureuses situées sur les organes génitaux avec présence de ganglions inflammatoires qui évoluent vers la fistulisation (ouverture à la peau en l'absence de traitement). Elle est rare en Occident mais fréquente en Afrique.

Différents antibiotiques sont actifs et doivent être prescrits pendant 15 jours. En Europe, on n'observe pas de souches résistantes. La situation est différente en Afrique où le risque de voir apparaître celles-ci est proportionnel au nombre de traitements institués, c'est-à-dire à l'accroissement des moyens financiers de ces populations.

Helicobacter pylori, bacille à Gram -, de forme spiralée. Cette bactérie infecte la muqueuse de l'estomac et du duodénum et sa présence est corrélée avec l'existence d'une *gastrite* ou d'un *ulcère gastro-duodénal*. Elle serait également impliquée dans la cancérisation.

L'éradication (destruction pour élimination) du germe exige une trithérapie qui associe deux antibiotiques et un produit antisécrétoire pour un résultat positif dans 90 % des cas. Sa durée peut désormais être ramenée à 7 jours. La montée des souches résistantes est en cours d'évaluation.

Mycobacterium leprae (bacille de Hansen) ne prend pas la coloration de Gram. Il est responsable de la *lèpre*, maladie qui a disparu d'Europe mais qui est encore bien présente sous les Tropiques. Cette affection, qui se développe très lentement, provoque des lésions cutanées et nerveuses qui, en l'absence de traitement, peuvent entraîner la destruction complète de certains membres.

Les premiers traitements antibiotiques remontent à quarante ans mais l'apparition de souches résistantes à la dapsone a imposé l'utilisation d'une association de trois antibiotiques, faciles à prendre, qui détruit le germe et guérit toujours la maladie. L'éradication de la lèpre n'est donc qu'une question d'argent. Son éradication est prévue pour 2010.

Mycoplasma hominis, bacille sans paroi qui ne prend donc pas la coloration de Gram. Il est responsable d'*infections uro-génitales* essentiellement chez la femme. Les pénicillines ne sont jamais actives sur ces germes qui ne possèdent pas de paroi mais d'autres familles d'antibiotiques peuvent être utilisées. Il n'y a pas de problèmes de résistance.

Pasteurella multocida, bacille à Gram -. Il est responsable de la *pasteurellose*, maladie généralement consécutive à une griffure ou morsure de chat située à la main ou à la jambe. Ce germe se trouve en effet dans la salive de très nombreux animaux.

La douleur est très vive au niveau de la plaie et une infection des canaux lymphatiques aboutit à une adénite (ganglions lymphatiques inflammatoires) de la région. Les choses rentrent dans l'ordre en 2 semaines. Des formes articulaires ou même septicémiques (sang contaminé) peuvent se voir en cas de morsures profondes. L'antibiothérapie accélère la guérison. Il n'y a pas de problème de résistance aux antibiotiques pour le moment.

Treponema pallidum est un spirochète qui ne prend pas la coloration de Gram. Il est responsable de la *syphilis*, maladie vénérienne très contagieuse qui était redoutée à la fin du XIXe et au début du XXe siècle. Aujourd'hui en forte régression dans les pays développés grâce aux antibiotiques et notamment à la pénicilline G vis-à-vis de laquelle le tréponème reste sensible depuis soixante ans.

Elle se manifeste d'abord par un chancre (difficile à voir chez la femme) sur les organes génitaux externes, petite lésion à bords nets, indolore, sur fond légèrement induré, rapidement accompagné de ganglions dans l'aine. Cette érosion guérit spontanément, sans traitement, en quelques semaines, et laisse place à une éruption rose très pâle (la roséole) et à des plaques muqueuses (langue, gorge, larynx…) très contagieuses. L'état général est altéré avec fatigabilité, fièvre, maux de tête tenaces, adénopathies (ganglions) généralisées, atteinte hépatique et rénale. Cet état, qui dure 2 à 3 ans s'il n'est pas traité, est suivi d'une latence d'une dizaine d'années au bout de laquelle peut apparaître (dans 10 % des cas) la syphilis tertiaire avec atteintes graves du système nerveux central, des os, de la peau et du cœur.

La maladie est encore très fréquente dans les pays en voie de développement du fait des faibles moyens financiers des services de santé.

Les méchantes

Clostridium perfringens, bacille épais et court à Gram +. Il est responsable de terribles *gangrènes gazeuses* qui surviennent suite au développement du germe dans des plaies musculaires profondes ou des plaies opératoires. L'état général est très vite altéré avec fièvre élevée, déshydratation et état de choc.

Le traitement, toujours urgent, est à base de nettoyage chirurgical de la plaie, de pénicilline (en perfusion) associée à d'autres antibiotiques selon les cas, et d'hyper-oxygénation. Il n'y a pas de problèmes de résistance aux antibiotiques car la maladie est heureusement rare. La pression de sélection des antibiotiques ne peut donc pas s'exercer et la pénicilline reste active.

La prévention de cette affection est essentielle. Elle impose le parage soigneux (nettoyage minutieux avec élimination des tissus abîmés) de toute plaie traumatique.

Clostridium tetani (bacille de Nicolaeiv), bâtonnet capable de sporuler, à Gram +. Il est l'agent du *tétanos.* Il pénètre dans l'organisme à l'occasion d'une plaie souillée notamment par de la terre et sécrète une toxine agressive pour le système nerveux qui remonte le long des nerfs jusqu'au système nerveux central. Elle entraîne une rigidité et des contractures musculaires débutant au niveau de la mâchoire (la contracture s'appelle « trismus ») qui s'étend au larynx (troubles de la déglutition) et se généralise à tout le corps. Les contractures sont intenses, permanentes, avec des paroxysmes extrêmement douloureux. La mort survient par asphyxie, suite au blocage des muscles respiratoires.

Le traitement est un traitement de réanimation peu efficace si le sujet n'a jamais été vacciné. L'antibiothérapie n'a que peu d'intérêt.

La prévention par la vaccination représente le seul moyen de lutter contre le tétanos. Elle induit une protection voisine de 100 %. En France, malgré le vaccin, cette maladie est encore à l'origine d'une dizaine de décès annuels pour cinquante cas déclarés. Dans le monde, plus d'un million de personnes sont touchées chaque année avec une mortalité importante. La désinfection de toutes les plaies souillées à l'aide d'un agent oxydant (eau oxygénée) doit être la règle pour éviter le tétanos.

Corynebacterium diphteriae, bacille à Gram +, responsable d'une infection avec inflammation de la gorge, des amygdales et du larynx : la *diphtérie.* L'angine provoquée peut être banale ou très violente avec atteinte du larynx, des voies respiratoires, du muscle cardiaque (myocarde) et des nerfs périphériques car le germe produit une neurotoxine. La mortalité peut atteindre 10 %, même sous traitement.

Le germe ne se transmet que d'homme à homme. Pratiquement éradiquée par les vaccinations massives depuis 1940, la diphtérie resurgit dans la plupart des pays de l'ex-Union soviétique, notamment la Russie, du fait de conditions sanitaires déplorables, avec une incidence qui peut atteindre 30 cas pour 100 000 habitants et une mortalité de 3 %.

Le traitement utilise un sérum spécifique qui bloque la toxine, et une antibiothérapie adaptée. Tous les sujets en contact avec le malade sont également traités par antibiothérapie pour arrêter la propagation de la maladie. Il y a peu de problèmes de résistance aux antibiotiques car la maladie est devenue relativement rare. La pression de sélection des antibiotiques ne peut donc pas s'exercer.

La vaccination préventive reste à l'ordre du jour, surtout en cas de voyage dans les pays de l'Est.

Escherichia coli, bacille à Gram -, classé dans la famille des entérobactéries, est l'un des germes les plus répandus, hôte habituel de nos intestins. Il est responsable de 80 % des *infections urinaires* (cystites) notamment chez la femme.

Un traitement antibiotique bien conduit en vient souvent à bout mais il faut toujours rechercher aussi une cause locale (reflux de l'urine vers le rein, calculs rénaux). Il y a de gros problèmes de résistance aux antibiotiques, surtout en milieu hospitalier car la pression de sélection de ces remèdes très utilisés peut donc s'exercer très fortement.

Certaines souches sont capables de déclencher des *entérites* plus ou moins graves chez les nourrissons et les jeunes enfants, dans les crèches et les maternités. Le traitement est basé sur la réhydratation et l'antibiothérapie. Les problèmes de résistance sont beaucoup moins aigus que pour les infections urinaires.

Haemophilus influenzae (bacille de Pfeiffer), coccobacille à Gram -. Il est responsable d'*otites* et de *sinusites* qui peuvent précéder une *méningite grave* chez l'enfant de 2 mois à 3 ans (risques de séquelles neurologiques dans 20 à 30 % des cas). Celle-ci s'installe brutalement avec fièvre, vomissements, stupeur puis coma progressif. La fontanelle fait saillie chez le bébé et le cou est raide chez l'enfant.

Une antibiothérapie de 2 semaines est indiquée. Le choix des antibiotiques doit se faire, dès que possible, en fonction des indications de l'antibiogramme (cf. page 51) une fois la souche isolée. En effet, la pression de sélection vers la résistance est très forte pour ces germes qui habitent habituellement les cavités de la face. Plus de 20 % des souches sont résistantes à au moins un antibiotique.

Il existe un vaccin recommandé chez les enfants de moins de 18 mois.

Le traitement de l'environnement familial permet d'éviter la contagion.

Legionella pneumoniae, bacille à Gram -, responsable de la *légionellose*, maladie pulmonaire qui doit son nom au fait qu'elle fut observée la première fois au cours d'un congrès de la Légion américaine (200 participants) en juillet 1976 à Philadelphie. Cette première épidémie provoqua 30 décès et aboutit à la découverte de cette nouvelle espèce bactérienne. La maladie débute comme une grippe avec fièvre, fatigue, douleurs musculaires, douleurs articulaires et maux de tête puis apparaissent une toux sèche, souvent une diarrhée et des signes neurologiques : confusion, désorientation, obnubilation, hallucinations et coma.

La transmission se fait par des aérosols porteurs du germe. Le nombre de cas est évalué à 5 000 par an en France.

Le traitement fait intervenir les antibiotiques mais les souches sont souvent résistantes à plusieurs d'entre eux.

Leptospira interrogans, spirochète qui ne prend pas la coloration de Gram, responsable de la *leptospirose ictéro-hémorragique*, maladie grave transmise à l'homme soit directement par morsure de rat, soit, dans la majorité des cas, de façon indirecte par un milieu hydrique contaminé par des déjections ou urines animales. Il s'agit d'un état infectieux grave avec atteinte du rein, du foie, du système nerveux (syndrome méningé) qui peut conduire à la mort dans 10 à 15 % des cas.

L'antibiothérapie doit être mise en œuvre le plus précocement possible en association, éventuellement, avec les moyens de réanimation (dialyse rénale). La pénicilline G est régulièrement active et il n'y a pas de problème de résistance du fait de la rareté de la maladie et donc de la faible pression de sélection.

Listeria monocytogenes, bacille à Gram +, agent de la *listériose*, maladie des animaux (mammifères et oiseaux) transmise à l'homme par contact direct ou par les produits dérivés comme les fromages. Elle est particulièrement redoutable chez les femmes enceintes où la maladie évolue de façon insidieuse et peut aboutir à un avortement avec mort du fœtus. Elle touche aussi les personnes âgées, les nourrissons et les personnes immunodéprimées.

Les antibiotiques sont actifs mais il faut choisir ceux qui peuvent diffuser jusqu'au fœtus. Il n'y a pas de problème de résistance du fait de la rareté de la maladie et donc de la faible pression de sélection.

Mycobacterium tuberculosis (bacille de Koch) ne prend pas la coloration de Gram. Il est responsable de la *tuberculose* dont la localisation est le plus souvent pulmonaire. Cette maladie se signale par une toux prolongée, des douleurs thoraciques et des crachats sanglants. L'état général est altéré avec fatigue, amaigrissement, manque d'appétit et fièvre le soir.

Au XVIIIe et au XIXe siècle, la tuberculose fut responsable de 25 % des décès dans les villes européennes.

La streptomycine, deuxième antibiotique découvert en 1943 après la pénicilline, a été très efficace pendant quelques mois contre cette bactérie. Mais très vite des souches résistantes sont apparues et il en fut de même avec d'autres antibiotiques utilisés isolément.

Aujourd'hui, la prescription systématique d'une association de trois antibiotiques permet de détruire le germe et de guérir les 9 000 nouveaux cas diagnostiqués chaque année en France. Cependant, la mise en évidence récente, à New York, de souches de *Mycobacterium tuberculosis* résistantes à tous les antituberculeux connus montre que le combat n'est pas terminé et que la menace de grandes pandémies de tuberculose n'appartient peut-être pas encore à l'histoire !

Neisseria gonorhoeae, diplocoque (allant par paires) à Gram -, responsable de la *blennorragie*, affection vénérienne très fréquente avec 62 millions de cas annuels à travers le monde. Elle se manifeste chez l'homme par une urétrite avec écoulement de pus et sensations de brûlures en urinant. Chez la femme, les symptômes sont beaucoup plus discrets avec de petites pertes vaginales et des picotements. La contamination est toujours inter-humaine au cours de relations sexuelles ou par contact maternel pour le nourrisson. L'infection peut se propager pour atteindre, chez la femme, l'utérus et les trompes et, chez l'homme, la prostate.

Les traitements antibiotiques sont encore efficaces mais 30 % des souches sont résistantes à au moins un antibiotique, ce qui est très inquiétant pour l'avenir.

Salmonella typhi (bacille d'Éberth), bacille à Gram -, appartient à la famille des Entérobactéries. Il est responsable de la *typhoïde*, maladie en régression voire très rare dans les pays développés mais toujours bien présente dans tous ceux où l'hygiène est précaire. Transmise par l'eau ou des aliments contaminés, elle prend la forme d'une fièvre à début brutal avec forts maux de tête, nausées et inappétence totale. Le pouls est lent malgré une fièvre élevée. Puis une diarrhée s'installe, classiquement de couleur jus de melon avec un début de prostration.

Chaque année, 17 millions de personnes dans le monde sont atteintes par la maladie avec au moins 600 000 décès. Une antibiothérapie systématique permettrait de diminuer considérablement ce dernier chiffre bien que l'apparition de souches résistantes soit très préoccupante.

Salmonella paratyphi A et ***B***, bacilles à Gram -, appartiennent à la famille des Entérobactéries. Ils sont responsables de *typhoïdes* atténuées. Plusieurs millions de personnes sont atteintes dans le monde. Le traitement antibiotique permettrait d'en venir assez facilement à bout. Comme pour *Salmonella typhi*, l'apparition de souches résistantes est très préoccupante.

Shigella dysenteriae, bacille à Gram -, appartient à la famille des Entérobactéries, agent de la *dysenterie* qui est une inflammation aiguë ulcéreuse du côlon avec diarrhée sanglante (20 à 30 selles par jour). La transmission se fait de personne à personne par l'eau et les aliments contaminés. C'est donc, comme la typhoïde, une maladie de l'hygiène. Elle sévit à l'état endémique dans les pays subtropicaux où l'on compte en moyenne 600 000 cas par an. Mais de petites épidémies ne sont pas rares dans les pays développés.

Le traitement est basé sur la réhydratation, si besoin, et l'antibiothérapie qu'il faut souvent réadapter en fonction de la sélection de souches résistantes.

Streptocoque ß hémolytique du groupe A, coque à Gram +, agent de la *scarlatine*, maladie qui commence par une angine très vive accompagnée d'une éruption cutanée écarlate qui débute aux aines, aux aisselles et au pli du coude et s'étend rapidement à tout le corps. La maladie, habituellement bénigne, peut se compliquer d'une atteinte du rein (néphrite), d'une atteinte des valvules cardiaques et d'arthrites. Les symptômes sont dus à la sécrétion d'une toxine par la bactérie.

Le traitement antibiotique raccourcit la durée de l'affection et évite les complications. La pénicilline G est de mise en première intention et le traitement est corrigé éventuellement en fonction de l'étude de l'antibiogramme.

Vibrio cholerae, bacille à Gram -, très mobile, responsable du *choléra*, infection intestinale aiguë où l'entérotoxine produite par le vibrion déclenche une diarrhée aqueuse, abondante (de 50 à 100 selles par jour) et indolore qui entraîne une déshydratation importante avec perte de sels minéraux.

Le traitement est d'abord celui de la déshydratation. L'antibiothérapie n'a d'intérêt que pour arrêter la propagation de l'épidémie.

Yersinia pestis (bacille de Yersin), bacille à Gram -, agent de la *peste*, maladie des rongeurs (le rat notamment) transmissible à l'homme par piqûre des puces. Cette redoutable affection a causé la mort de la moitié de la population de l'Europe au Moyen Âge.

Elle se présente sous deux formes : la forme bubonique, grosse réaction ganglionnaire à proximité de la piqûre qui a inoculé le germe, avec forte fièvre et altération rapide de l'état général, et la forme pulmonaire, gravissime, qui peut suivre la précédente ou survenir d'emblée suite à une contamination inter-humaine par les postillons de toux. En l'absence de traitement la mortalité est élevée : 40 à 60 % pour la forme bubonique et 100 % pour la forme pulmonaire.

Yersinia pestis est très sensible à de nombreux antibiotiques et notamment à la streptomycine (le deuxième antibiotique découvert en 1943). Un traitement précocement institué permet donc d'obtenir la guérison. Cependant, en 1997, une souche résistante à plusieurs antibiotiques a été décrite par l'Institut Pasteur de Madagascar. La vigilance s'impose donc également pour cette maladie.

Les redoutables

Nesseria meningitidis (méningocoque), diplocoque (allant par paires) à Gram -, agent d'une *méningite* répandue dans le monde entier qui affecte, de préférence, les enfants de moins de 5 ans mais aussi les enfants plus âgés. Rare dans les pays industrialisés, elle peut atteindre une incidence de 500 cas pour 100 000 habitants en Chine ou dans la zone subtropicale comprise entre l'Éthiopie et le Sénégal. Mortelle dans 10 % des cas malgré un traitement adapté, elle peut l'être à 50 % en l'absence d'antibiotiques.

La maladie se traduit par une fièvre avec de violents maux de tête et vomissements, une raideur de la nuque accompagnée de troubles de la conscience, de léthargie voire de coma.

Des souches résistantes au chloramphénicol ont été isolées mais le traitement avec les autres antibiotiques donne de bons résultats s'il est institué précocement. Cependant, cette apparition de la résistance au chloramphénicol est très inquiétante car il s'agit du remède le plus utilisé dans les pays à faible budget sanitaire.

Pseudomonas aeruginosa (bacille pyocyanique), bacille à Gram -, responsable d'*infections nosocomiales* (liées à l'hôpital) très graves. Cette bactérie très répandue vit habituellement en hôte saprophyte (vivant aux dépens de matières organiques sans provoquer de maladies). Elle devient pathogène lorsqu'elle infecte des organismes dont les défenses immunitaires sont diminuées, ce qui est généralement le cas chez les personnes hospitalisées pour lesquelles il est responsable de 9 % des infections contractées à l'hôpital, avec des mortalités de 50 à 70 % en cas de pneumonie et de 50 % en cas de septicémie (atteinte du sang) !

Les souches de *Pseudomonas* sont naturellement peu sensibles aux antibiotiques. La montée de la résistance due à l'énorme pression de sélection exercée en milieu hospitalier complique encore la situation et impose d'utiliser toujours une association de deux antibiotiques.

Staphylocoque, coque à Gram +, sans doute la plus connue des bactéries, découverte par Louis Pasteur, vit en état de commensalité (association de deux êtres vivants profitable pour les deux) permanente avec l'homme. Très ubiquitaire, il est répandu dans l'eau, dans l'air et sur les sols. L'homme en est le principal réservoir, qu'il soit malade ou porteur sain. Il est présent sur la peau, dans les narines, dans les conduits auditifs, dans tous les lieux humides (périnée, aisselles, aines, plis de flexion, plis cutanés), dans les selles. En conséquence, il sera un des germes nosocomiaux (cf. plus haut, « *Pseudomonas* ») les plus fréquemment isolés lors des surinfections hospitalières.

Les infections à staphylocoques sont très fréquentes et apparaissent sous des aspects très variés : *furoncles, abcès, anthrax, impétigo, sinusites, angines, rhino-pharyngites, otites, septicémies, entérites, pneumonies, ostéites, ostéomyélites, arthrites, endocardites, méningites, infections urinaires, pyélonéphrites, abcès mammaires, panaris,* etc.

C'est pour le staphylocoque que la première résistance à un antibiotique a été observée dès le début des traitements, dans les années 40. Il s'agissait de la pénicilline G (la première mise au point et utilisée). Depuis, de nombreuses souches résistantes sont apparues vis-à-vis de plusieurs familles d'antibiotiques. En effet, ce germe est soumis à une énorme pression de sélection vers la résistance chaque fois qu'un traitement antibiotique est institué pour une cause quelconque puisqu'il est forcément présent sur le corps.

On ne peut donc traiter cette bactérie qu'après avoir fait l'étude de l'antibiogramme (technique qui permet de tester la sensibilité d'une souche bactérienne à tous les antibiotiques existants) (cf. page 51).

Streptocoque, coque à Gram +, germe aussi connu que le staphylocoque. Il vit également en état de commensalité avec l'homme et est tout aussi répandu dans l'eau, l'air et le sol. L'homme en est également le réservoir principal.

Toutes les infections citées pour le staphylocoque peuvent être reprises pour le streptocoque.

Contrairement aux staphylocoques, les streptocoques sont encore fréquemment sensibles à la pénicilline G. Mais ils sont soumis à la même pression de sélection vers la résistance et l'on ne peut instituer un traitement qu'après étude de l'antibiogramme.

Streptocoque pneumoniae (ou ***Pneumocoque***), coque à Gram +, responsable de la *pneumonie à pneumocoque*, affection encore redoutable dont on dénombre plus de 500 000 cas uniquement pour l'Amérique du Nord avec 25 000 décès annuels pour les États-Unis, et de *méningites* d'une extrême gravité.

Le germe vit en commensal de l'homme comme le staphylocoque et d'autres espèces de streptocoques. Il est encore sensible à de nombreux antibiotiques mais, comme pour les deux germes précédents, la pression de sélection vers la résistance est énorme. Ainsi sa résistance à la pénicilline a été multipliée par 10 en dix ans ! 50 % des souches étudiées ont une sensibilité anormale aux antibiotiques usuels.

Il existe un vaccin contre de nombreuses souches de pneumocoques, bonne alternative au problème de la montée de la résistance aux antibiotiques.

Culture des bactéries

La connaissance approfondie des bactéries a été rendue possible par la mise au point de techniques de cultures par les premiers bactériologistes de l'époque pastorienne, techniques qui se sont progressivement améliorées en cent cinquante ans.

On utilise aujourd'hui deux types de milieux : solides et liquides. Les milieux solides ont la consistance d'un flan résistant et élastique et sont constitués du même agar-agar (ou gélose) que celui employé en cuisine, dans lequel on ajoute un bouillon nutritif dont on connaît la composition en nutriments essentiels pour le germe. La gélose a la propriété d'être solide à la température ordinaire et de pouvoir intégrer une grande quantité de liquide dans les mailles de son réseau moléculaire. On se sert des milieux solides pour isoler les bactéries les unes des autres, donc pour obtenir des souches pures.

Les milieux liquides ne comportent pas de gélose. Il sont donc constitués de différents types de bouillons de compositions adaptées à la croissance de chaque espèce bactérienne. Ils servent à obtenir des quantités importantes de germes ou à sélectionner certaines bactéries présentes dans un mélange.

Adaptation des bactéries

Première forme de vie apparue sur terre il y a, au bas mot, quatre milliards d'années, les bactéries vivent dans tous les environnements et on peut évaluer qu'elles représentent 80 % de la biomasse existant sur la terre.

Leur capacité d'adaptation est telle qu'on en rencontre dans tous les milieux. Elles sont capables de coloniser tous les sites, avec ou sans eau, avec ou sans air, vivants ou minéraux. Un gramme de terre en contient plusieurs milliards, même les pierres de nos monuments sont dégradées par elles et, lors des marées noires, le travail de nettoyage des bactéries marines est plus persévérant et plus efficace que celui des soldats de l'armée, malgré la bonne volonté de ceux-ci.

Elles survivent dans les conditions les plus extrêmes jusque dans les grands fonds marins à proximité des cheminées volcaniques où les températures dépassent les 100°, où la pression est énorme et la lumière totalement absente. Elles se multiplient encore à des températures très basses et résistent à des concentrations très importantes de sel, de sucre ou même d'acides.

La clé de ce fantastique pouvoir d'adaptation est dans leur capacité à se renouveler environ toutes les vingt minutes. En effet, chaque fois qu'une bactérie s'apprête à se diviser pour donner deux bactéries identiques (cf. pages 14-15), elle doit « recopier » son chromosome pour que chaque bactérie fille possède le même patrimoine génétique. Au cours de cette opération de duplication, il peut se produire des erreurs. Si ces erreurs ne sont pas trop graves, c'est-à-dire si la bactérie survit, elle peut acquérir de nouveaux caractères puisque l'erreur a forcément changé l'information génétique. C'est ce que l'on appelle une mutation.

Même si les erreurs ne sont pas très fréquentes, la vitesse de reproduction des bactéries est telle que les mutations sélectionnées seront relativement nombreuses.

Ainsi, pour prendre le problème de l'acquisition de la résistance à un antibiotique « A », on a pu mesurer que dans une population de 10 à 100 millions de bactéries, il y a obligatoirement une cellule mutante résistante. L'application de ce produit « A » va donc tuer toutes les bactéries sauf une, celle qui est résistante, évidemment. Celle-ci va même se développer tranquillement et produire des millions de bactéries toutes résistantes à « A ».

On peut raisonner de la même façon pour des milliers d'autres caractères. Ainsi, le gène qui commande la sporulation (cf. les bactéries à spores, page 21) est, à l'évidence, un gène d'adaptation qui a été sélectionné par la sécheresse et des conditions de nutrition très défavorables dans lesquelles les bactéries « normales » ont péri alors que les rares mutants capables de s'enfermer dans leur spore imperméable ont pu survivre.

Les antibiotiques contre les bactéries

Sans doute Alexander Fleming a-t-il eu un peu de chance ce matin de 1928 où il observa qu'une de ses cultures de staphylocoques était envahie, contaminée, par une moisissure de la plus banale espèce, *Penicillium notatum.* Mais c'est la chance qui ne sourit qu'aux esprits préparés à l'accueillir. En effet, au lieu de jeter la boîte de Pétri devenue inutilisable, il remarqua qu'au contact de la moisissure, la bactérie ne poussait plus et il soupçonna alors que celle-là sécrétait une substance inhibitrice qu'il appela pénicilline.

On peut dire, en revanche, que le policier d'Oxford qui fut le premier à recevoir de la pénicilline en injection, le 12 février 1941, alors qu'il était dans un état désespéré du fait d'une septicémie à staphylocoques, a eu beaucoup de chance. Il fut le premier miraculé de l'ère des antibiotiques.

Depuis cette époque des pionniers, parmi lesquels il ne faut pas oublier l'Allemand Gerhard Domagk avec la découverte de l'activité antibactérienne des sulfamides en 1939, avant l'utilisation clinique de la pénicilline, cette famille de médicaments s'est enrichie de plusieurs dizaines de produits actifs sur des sites variés de nombreuses bactéries. Complémentaires d'une bonne hygiène de vie, on doit à ces remèdes, peu toxiques pour la plupart, les plus grandes victoires de la médecine moderne et la quasi-éradication, dans les pays développés, de maladies comme la typhoïde, le choléra, la peste, la tuberculose.

Ils ne sont actifs que sur les bactéries et n'ont aucun effet (ou très peu) sur les champignons microscopiques, les virus et les parasites.

Les autres microbes

Les trois autres familles de microbes présentent des propriétés tout aussi passionnantes que les bactéries mais ce livre se limite, par nécessité, aux problèmes de ces dernières confrontées aux antibiotiques. Champignons, parasites et virus ne seront donc que brièvement évoqués.

Les champignons microscopiques

Êtres unicellulaires, complètement autonomes, doués de capacité de reproduction par divisions, ils vivent en bonne entente avec les bactéries et assurent des fonctions voisines.

Chaque champignon microscopique possède un chromosome d'ADN (acide désoxyribonucléique) qui constitue son patrimoine génétique (ou génome), intégralement transmis après duplication à chaque cellule fille de sa descendance.

De nombreux produits dits antifongiques sont capables de les détruire mais les champignons sont beaucoup plus difficiles à éliminer durablement que les bactéries. Les antifongiques sont proches des antibiotiques, mais souvent plus toxiques, et certains antibiotiques ont des propriétés antifongiques.

Comme dans le cas des bactéries, des souches résistantes sont apparues. Il s'agit, le plus souvent, d'une mutation (transformation) de l'ADN du champignon.

Il n'y a pas de vaccins contre les champignons microscopiques.

Les parasites

Ils représentent un ensemble un peu différent d'êtres constitués d'une seule ou de plusieurs cellules. Leur organisation est plus complexe que celle des bactéries et des champignons microscopiques. Ils sont tributaires, concernant leur développement et leur multiplication, d'organismes supérieurs qui les hébergent pendant certaines phases de leur vie, d'où leur nom de parasites.

Chaque parasite possède un ou plusieurs chromosomes d'ADN (acide désoxyribonucléique) qui constituent son patrimoine génétique (ou génome), intégralement transmis à chaque parasite fils de sa descendance.

Une large gamme de produits antiparasitaires existent mais, comme précédemment, des souches résistantes sont apparues. Cette situation est particulièrement inquiétante dans le cas du paludisme dont certaines espèces devenues résistantes à tout sont redoutables. Le plus souvent, il s'agit d'une mutation (transformation) de l'ADN du parasite.

Des vaccins sont activement recherchés pour prévenir les maladies parasitaires mais, jusqu'à ce jour, les résultats sur le terrain n'ont pas confirmé les espoirs mis dans les produits obtenus. Cependant, de nouveaux essais d'un vaccin contre le paludisme sont actuellement en cours en Afrique.

Les virus

Ce sont les plus petits des microbes. Les plus mystérieux. Ils présentent l'étrange propriété de ne pas avoir d'autonomie de reproduction. Pour se multiplier, ils doivent obligatoirement coloniser une cellule et détourner à leur profit une partie de la machinerie cellulaire. Ce sont donc des parasites cellulaires obligatoires. Malgré d'énormes progrès durant les vingt dernières années, notre connaissance des virus reste très limitée.

Ils ne sont, en fait, constitués que d'une information génétique faite d'ARN (acide ribonucléique) ou d'ADN (acide désoxyribonucléique) enfermée dans une coque. C'est le génome viral. Cette information génétique, libérée dans la cellule hôte, est capable de domestiquer le fonctionnement de la cellule pour l'obliger à produire des milliers de copies de cet acide nucléique.

Il n'existe que très peu de produits actifs contre les virus. Mais la recherche est en pleine effervescence dans ce domaine et les premiers résultats sont perceptibles.

Des vaccins ont été développés mais leur efficacité est variable et, dans certains cas, toutes les recherches ont échoué. Ainsi, il n'existe toujours pas de vaccin contre le sida.

Plus que les autres microbes, les virus sont capables de transformer par mutation leur patrimoine génétique, qu'il soit fait d'ARN ou d'ADN, et de développer des résistances vis-à-vis des médicaments. C'est notamment le cas du virus du sida.

Il faut enfin insister de nouveau sur le fait que les antibiotiques sont totalement inefficaces pour traiter une maladie virale et que leur utilisation intempestive dans ces cas-là est une des causes de la montée de la résistance aux antibiotiques.

DEUXIÈME PARTIE

Infections et antibiotiques

CONCEPTION ALLOPATHIQUE DES INFECTIONS

Élimination des microbes

La médecine a vécu au XIXe et au XXe siècle une véritable révolution du fait de l'utilisation progressive, dans son champ d'investigation, de la chimie, de la biochimie, de la physique, de la biophysique, de la biologie moléculaire, de la génétique et de l'introduction systématique de la méthode expérimentale prônée par Claude Bernard, pour comprendre les fonctions de l'organisme.

Nul doute que l'étude approfondie du génome et du protéome (étude des protéines fabriquées à partir des informations de chaque gène du génome), qui est en bonne voie, en ce début de XXIe siècle, contribuera aussi à améliorer nos connaissances.

Toutes ces avancées scientifiques ont, durant un temps, donné l'illusion que l'on pouvait entrevoir le « bout » du savoir en matière de biologie et que ce savoir était décomposable en éléments simples dont les combinaisons donneraient les clés de toute connaissance. Cette conception très mécaniste a permis des avancées remarquables aussi bien dans le domaine du diagnostic que dans celui de la thérapeutique. Mais elle a figé la pratique médicale dans une attitude de rejet des autres approches et elle a imposé une vision fausse du vivant.

Ainsi, la découverte des bactéries par les microbiologistes qui nous ont précédés et celle des antibiotiques par les chimistes de notre génération ont lourdement contribué à entretenir l'idée simple qu'il suffirait de tuer les bactéries à l'aide de bons médicaments pas trop toxiques pour voir s'évanouir les maladies infectieuses.

Malheureusement, toutes ces idées simples sont aussi simplistes. Trop réductrices, elles ne tiennent aucun compte du « génie évolutif de la vie » et elles ne mesurent pas à quel point nos petites connaissances parcellaires sont loin de permettre la maîtrise de système de vie aussi « élémentaire » que celle d'une bactérie.

Ce n'est pas la science, évidemment, qui est en cause, mais la fantastique prétention de l'homme à extrapoler à partir de ses petites lumières. Les scientifiques sont d'ailleurs souvent beaucoup plus humbles que ceux qui exploitent leurs inventions mais leur voix n'est pas souvent entendue dans le brouhaha de ce monde d'apparence et d'argent.

Il y a donc longtemps que des personnes responsables essaient d'attirer l'attention du plus grand nombre et des pouvoirs publics et annoncent l'échec de nos tentatives d'éradication définitive des maladies infectieuses aussi bien par l'utilisation des antibiotiques que par celle des vaccinations. Mais les lois du marché ont été les plus fortes et il aura fallu être au bord de la catastrophe pour que le signal d'alarme soit enfin tiré.

Les bactériologistes et les infectiologues, ceux qui sont directement sur le front des microbes, savent bien, pourtant, que la route est toujours longue et rocailleuse pour arriver à la guérison lorsqu'on ne tient compte que de cette équation logique mais trop élémentaire : « Tuer le germe, c'est guérir le malade. »

En effet, quelles sont les étapes de ces processus auxquels les médecins participent en sachant qu'ils sont très loin d'en maîtriser tous les paramètres ? On peut les décrire en cinq temps successifs : diagnostic clinique et identification du germe, mise en œuvre d'un traitement à large spectre, étude de la sensibilité du germe identifié vis-à-vis des antibiotiques, correction éventuelle du traitement, attente de la guérison.

Diagnostic

Il n'y a rien qui ressemble plus à une maladie infectieuse qu'une autre maladie infectieuse ! Le diagnostic clinique, c'est-à-dire sur les seuls symptômes, est souvent impossible. Lorsqu'un patient arrive à l'hôpital avec ce qu'on appelle un « syndrome infectieux », à de rares exceptions près, on sait que la recherche du diagnostic étiologique (de la cause réelle) – c'est-à-dire en fait l'isolement du microbe en cause – risque d'être longue et tortueuse.

Ce malade a de la fièvre, il se sent mal, il frissonne, il a mal partout, il est inappétent, il transpire, il se plaint de maux de tête, il vomit. Après un interrogatoire en quête d'une cause que le sujet ou son entourage pourrait soupçonner (ingestion de produits avariés, contact avec un autre malade, contact avec des animaux ou du gibier, etc.), le médecin, orienté par les symptômes, va demander toute une série de prélèvements pour y rechercher les microbes éventuellement présents : prise de sang, prélèvement d'urines, de selles, de liquide céphalo-rachidien, écouvillonnage de gorge, prélèvement de pus, de sécrétions diverses... Et il va attendre car les résultats vont demander de longues heures voire quelques jours.

Premier traitement

Selon l'état général du sujet, la question se pose donc de savoir si l'on institue un traitement immédiatement, un peu à l'aveugle, ou si l'on attend les résultats des cultures de microbes. Souvent, quand la situation est grave, il faut essayer de gagner du temps et on administre un ou deux antibiotiques à large spectre (voir ci-dessous), c'est-à-dire dont on sait, a priori, qu'ils sont capables d'atteindre plusieurs espèces bactériennes différentes. L'éventuelle amélioration de l'état clinique sera une bonne indication pour apprécier l'opportunité de ce premier traitement.

Antibiogramme

L'antibiogramme est le résultat obtenu au laboratoire d'analyses bactériologiques d'un test destiné à montrer la sensibilité d'un germe microbien (bactérie, champignons, parasites), à divers antibiotiques en vue de sélectionner celui qui sera le plus efficace pour lutter contre le germe.

Pour faire ce test, il faut disposer d'une souche bactérienne pure, isolée à partir d'un des prélèvements énumérés ci-dessus, effectués chez le malade.

Exemple : dans le prélèvement du sang de ce malade, on a isolé une souche de staphylocoque. Cette bactérie est cultivée en milieu liquide (dans des tubes de bouillon de culture) ou en milieu solide (dans des boîtes de Pétri contenant de la gélose) en présence des antibiotiques dont on veut étudier l'activité. Des dispositifs simples permettent rapidement de savoir si le germe est sensible ou résistant à tous les antibiotiques connus.

Traitement révisé

Le germe a donc été identifié comme étant un staphylocoque environ 24 heures après l'hospitalisation.

Après deux jours, le médecin vient donc de recevoir les résultats de l'antibiogramme de cette souche et peut donc comparer les antibiotiques proposés par ce test à ceux qu'il a mis en œuvre dès le premier jour. Le patient est dans un état stationnaire. Les choses ne semblent ni s'aggraver ni s'amender.

Le diagnostic est désormais posé ; il s'agit d'une septicémie à staphylocoque doré. La lecture de l'antibiogramme montre que sur les deux antibiotiques prescrits, l'un est efficace et l'autre totalement inactif.

Un nouveau traitement est aussitôt perfusé, associant deux antibiotiques majeurs et actifs.

Attente de la guérison

Cette cinquième étape est la plus stressante pour le médecin. En effet, comme nous l'expliquons plus bas (cf. page 63), un antibiotique peut être démontré actif sur l'antibiogramme et être inactif chez le malade, simplement parce qu'il n'est pas capable, par exemple, de diffuser jusqu'au germe pour l'atteindre, le tuer.

Absence de la personne

On voit bien que dans cette activité de soins, même si tout le respect nécessaire a été accordé au patient, on ne s'est pas préoccupé de sa personne dans sa globalité et qu'à aucun moment d'autres facteurs que le microbe et les dégâts immédiats qu'il occasionnait n'ont été pris en compte.

Que sait-on d'éventuels problèmes de vie, de difficultés relationnelles, de stress de tous ordres qui ont pu fortement influencer la dégradation de ses défenses immunitaires (cf. page 79) et qu'a-t-on fait pour l'aider à retrouver un équilibre dans ce domaine ?

La médecine allopathique répond alors qu'il fallait agir vite, dans l'urgence et que ces considérations ressortissent souvent du bavardage !

Mais à vouloir toujours parer au plus pressé, on oublie vite, d'une façon générale, le fond des choses et les mauvaises habitudes perdurent. Il faut ajouter qu'on ne voit pas comment la prise en charge d'un stress pourrait perturber l'activité antibiotique.

Le retour obligatoire à une conception globale de la personne malade et de la maladie s'impose donc (cf. page 88).

LA SAGA DES ANTIBIOTIQUES

Les familles d'antibiotiques

La meilleure façon de classer les antibiotiques est de les regrouper par familles en fonction de leur mode d'action, donc de la cible qu'ils vont atteindre dans la bactérie. L'anatomie et le fonctionnement d'une cellule bactérienne ont été décrits plus haut, cela permet donc de s'y référer (cf. page 19) pour cette classification simple. Les cibles seront énumérées de l'extérieur de la bactérie vers l'intérieur. Le nom des antibiotiques chefs de file des familles ou sous-familles est donné avec le nom d'une spécialité correspondante (entre parenthèses) ainsi que la date de mise sur le marché. Quelques indications sont également données concernant le spectre d'activité du produit, c'est-à-dire les groupes de bactéries sur lesquelles il peut avoir une action. On parlera alors de « spectre large » ou de « spectre étroit » selon les cas.

Cette énumération simplifiée (!), un peu fastidieuse, est indispensable pour mesurer l'importance du problème. En effet, malgré le travail colossal effectué par les chercheurs durant soixante années et l'obtention de plus de quatre-vingts médicaments originaux pour tenter d'atteindre toutes les espèces bactériennes pathogènes, les maladies infectieuses continuent de poser des problèmes cruciaux aux médecins. Le lecteur aura, grâce à ce chapitre, un petit lexique des antibiotiques auquel il pourra désormais se référer.

PREMIÈRE CIBLE : LA PAROI

Les produits qui empêchent la bactérie de fabriquer sa paroi sont particulièrement intéressants parce qu'ils entraînent sa mort. On dit qu'ils sont bactéricides. La paroi est en effet un élément très protecteur et sa disparition fragilise la cellule microbienne, qui ne peut y survivre. Trois familles d'antibiotiques sont actives sur cette cible.

Les bétalactamines

Cette famille d'antibiotiques à laquelle appartient la pénicilline a été particulièrement étudiée et les chimistes se sont efforcés, sans cesse, de mettre au point de nouveaux produits capables de déjouer les systèmes d'adaptation mis en place par les bactéries pour se protéger, notamment la sécrétion d'enzymes protectrices dont la fonction est de détruire l'antibiotique, molécules appelées « pénicillinases » et « céphalosporinases » (cf. page 66).

Les bétalactamines se subdivisent en :

Pénams 1 (anciennement appelées pénicillines)

• Groupe G

Spectre d'action : ces produits sont actifs sur les bactéries de morphologie coques, qu'elles soient à Gram + ou à Gram -, et sur les bacilles à Gram + (voir page 19). Ils sont inactifs sur les bacilles Gram -. Ils sont malheureusement inhibés par une enzyme, la pénicillinase, fabriquée par certaines bactéries devenues résistantes, notamment les staphylocoques.

Chef de file : la benzylpénicilline (Pénicilline G®), découverte par Fleming en 1928, utilisée en 1941, active uniquement par injections, « miraculeuse » au début sur les staphylocoques mais l'apparition très rapide de souches résistantes nécessita d'augmenter les doses et de chercher d'autres produits.

Par la suite, mise au point d'une forme retard qui permet d'espacer les injections à 15 jours, la benzathine benzylpénicilline (Extencilline®) et d'une forme orale, le phénoxypénicilline ou pénicilline V (Oracilline®-1958).

• Groupe M

Spectre d'action : ils ont le même spectre que les pénicillines du groupe G, mais ils ne sont pas inhibés par la pénicillinase. Ils sont donc principalement utilisés contre les staphylocoques résistant à la pénicilline G.

Chef de file : l'oxacilline (Bristopen®-1963) et la cloxacilline (Orbénine®-1976), créés pour répondre à la résistance des staphylocoques à la pénicilline G.

• Groupe A (amino-benzylpénicilline)

Spectre d'action : celui de la pénicilline G élargi à certains bacilles à Gram -. Ils sont sensibles à la pénicillinase, donc inactifs sur les staphylocoques résistants.

Chef de file : l'ampicilline (Totapen®-1965), créée pour étendre le spectre d'activité de la pénicilline notamment à des bacilles comme certaines Entérobactéries. Autres produits : pivampicilline (ProAmpi®-1975), bacampicilline (Penglobe®-1977) et l'amoxicilline (Clamoxyl®-1980).

• Groupe des acyl-uréido-pénicillines

Spectre d'action : ces produits ont été mis au point pour étendre encore le spectre d'activité notamment vers les germes comme le *Pseudomonas*, agent d'infections nosocomiales très graves (voir page 37).

Chefs de file : la méziocilline (Baypen®-1980) et la ticarcilline (Ticarpen®-1981).

• Groupe des amidino-pénicillines

Spectre d'action : limité aux bacilles à Gram - comme les Entérobactéries.

Chef de file : la pivmécillinam (Sélexid®-1982).

Pénams 2 (inhibiteurs des bétalactamases)

Spectre d'action : ces produits ont une activité antibactérienne faible mais ils ont la propriété d'inhiber certaines enzymes de défense fabriquées par les germes résistants. Ils sont actifs contre la majorité des pénicillinases. Ils seront donc utilisés le plus souvent en association avec un autre antibiotique.

• Oxapénam

Chef de file : l'acide clavulinique qui est associé à l'amoxicilline sous le nom d'Augmentin®-1984 et à la ticarcilline sous le nom de Claventin®-1988.

• Pénicilline-sulfones

Chef de file : le sulbactam (Bétamase®-1991) qui est associé à l'amoxicilline sous le nom d'Unacim®-1992 et le tazobactam qui est associé à la pipéracilline sous le nom de Tazocilline®-1992.

Pénems

Il s'agit des carbapénems au spectre large, actifs sur de très nombreuses espèces bactériennes. Ils sont très peu attaqués par les bétalactamases, enzymes actives sur les pénicillines et les céphalosporines.

Chef de file : l'imipénème (Tiénam®-1993).

Céphems (anciennement appelés céphalosporines)

Ces produits ont un large spectre et sont beaucoup plus actifs sur les bacilles à Gram - que les pénicillines. On les regroupe en trois catégories qui correspondent à trois générations d'antibiotiques qui présentent des activités de plus en plus fortes et des spectres d'action de plus en plus larges pour répondre à la demande des médecins devant la montée des bactéries résistantes.

• 1re génération

Spectre d'action : relativement résistantes aux pénicillinases, détruites par les céphalosporinases, inactives sur le *Pseudomonas aeruginosa*, agent d'infections nosocomiales graves.

- Actives par voie orale : chefs de file : céfalexine (Céporexine®-1970), céfadroxil (Oracéfal®-1976), céfactor (Alfatil®-1981) et céfatrizine (Céfaperos®-1983).

- Inactives par voie orale : chefs de file, céfalotine (Kéflin®-1968), céfapyrine (Céfaloject®-1974), céfazoline (Céfacidal®-1976).

• 2e génération

Spectre d'action : léger gain d'activité et relative résistance vis-à-vis des céphalosporinases par rapport à la 1re génération

Chefs de file : céfoxitine (Méfoxin®-1978), céfamandole (Kéfandol®-1979), céfotiam (Pansporine®-1983), céfotétan (Apacef®-1985), céfuroxime (Cépazine®-1988).

Tous ces produits sont inactifs sur le *Pseudomonas*, agent d'infections nosocomiales (voir page 37).

• 3e génération

Spectre d'action : les avantages précédents sont accentués. Certains de ces produits sont actifs sur le *Pseudomonas.*

Chefs de file : la céfotaxime (Claforan®-1980), la cefsulodine (Pyocéfal®-1981) utilisée uniquement contre le *Pseudomonas*, la céfopérazone (Céfobis®-1982), la ceftazidime (Fortum®-1986), la ceftriaxone (Rocéphine®-1985), la céfixime (Oroken®-1988) utilisable par voie orale, la cefpodoxime (Céfodox®-1991) et la céfépime (Axépim®- 1993).

Monobactams

Produits actifs uniquement sur les bacilles à Gram -, y compris le *Pseudomonas.*

Chef de file : l'aztréonam (Azactam®-1988).

La fosfomycine

Antibiotique à spectre large, toujours employé en association pour éviter l'apparition de mutants résistants (cf. page 70).

Spectre d'action : spectre très large allant des coques à

Gram + et à Gram - aux bacilles à Gram + et à Gram -, y compris le *Pseudomonas aeruginosa.*

Chef de file : la fosfomycine (Fosfocine®-1880 et Monuril®-1990).

Les glycopeptides

Spectre d'action : antibiotiques à spectre étroit, actifs essentiellement sur les staphylocoques et les entérocoques.

Chef de file : la vancomycine (Vancocine®-1985) et la teicoplanine (Targocid®-1888). Ces produits très toxiques ne sont utilisés qu'en milieu hospitalier pour préserver leur activité car ils sont des antibiotiques de dernier recours en cas de résistance multiple des germes. On commence cependant à voir en nombre croissant de souches d'entérocoques résistant à la vancomycine.

Deuxième cible : la membrane

Deux familles d'antibiotiques sont actives sur la membrane bactérienne, aussi bien la membrane externe que la membrane plasmique (cf. page 19), organites qui contrôlent les échanges avec le milieu extérieur. La membrane plasmique assure aussi la respiration de la cellule. La dégradation de cette membrane désorganise complètement la vie de la cellule bactérienne, qui meurt rapidement. Ces antibiotiques sont donc bactéricides.

Les polymyxines

Spectre d'action : antibiotiques à spectre étroit, actifs seulement sur certains bacilles, relativement toxiques.

Chef de file : la colistine (Colimycine®-1959).

Les gramicidines et la tyrocidine

Spectre d'action : antibiotiques également à spectre étroit, d'utilisation purement locale du fait de leur toxicité.

Chefs de file : la bacitracine et la tyrothricine.

TROISIÈME CIBLE : LE RIBOSOME

En attaquant le ribosome, ces antibiotiques empêchent la synthèse des protéines dans la cellule bactérienne dont tout le métabolisme se trouve perturbé.

Les aminosides

Spectre d'action : produits à spectre large, des coques et bacilles à Gram + (sauf les streptocoques) aux coques et bacilles à Gram - et aux mycobactéries (agents de la tuberculose et de la lèpre). Cependant inactifs sur toutes les bactéries anaérobies (cf. page 21).

Chefs de file : streptomycine (Streptomycine®-1949), kanamycine (1959), tobramycine (Nebcine®-1974), amikacine (Amiklin®-1976), sisomycine (Sisolline®-1980), dibékacine (Débékacyl®-1981), nétilmicine (Nétromycine®-1882).

La spectinomycine (Trobicine®-1974) est un produit proche des aminosides dont l'usage est limité au traitement de la blennorragie à *Neisseria gonorhoeae* (cf. page 34).

Groupe macrolides, lincosamides, synergistines

Spectre d'action : assez comparable à celui de la Pénicilline G : coques à Gram + et à Gram -, bacilles à Gram +. Ces produits sont totalement inactifs sur les Entérobactéries (bacilles à Gram -) et sur les *Pseudomonas* déjà cités. Ils sont très employés dans les rhino-pharyngites, les angines et les otites.

Macrolides

Chefs de file : spiramycine (Rovamycine®-1972), érythromycine (Erythrocine®-1979), josamycine (Josacine®-1880), roxithromycine (Rulid®-1987), clarithromycine (Zéclar®-1994), azithromycine (Zithromax®-1994).

Lincosamides

Chefs de file : la lyncomycine (Lincocine®-1966) et la clindamicine (Dalacine®-1972).

Synergistines

Chefs de file : la virginamycine (Staphylomycine®-1963) et la pristinamycine (Pyostacine®-1973), deux antibiotiques utilisés contre les staphylocoques.

Les phénicolés

Spectre d'action : deux antibiotiques à spectre très large : des coques à Gram + et à Gram - aux bacilles à Gram + et à Gram -, aux rickettsies et chlamydiales, mais pas sur le bacille tuberculeux.

Il s'agit du chloremphénicol (Tifomycine®-1950) et du thiamphénicol (Thiophénicol®-1962).

Les tétracyclines

Spectre d'action : famille d'antibiotiques à spectre très large : coques à Gram + et à Gram -, bacilles à Gram + et à Gram -, rickettsies, chlamydiales et mycoplasmes, mais pas sur le bacille tuberculeux. Ils ont, de plus, la précieuse propriété d'agir sur les bactéries situées à l'intérieur des cellules de l'organisme humain. Cependant les germes deviennent facilement résistants.

Chefs de file : la tétracycline (Hexacycline®-1966), la doxycycline (Vibramycine®-1970), la mynocycline (Mynocine®-1974).

L'acide fusidique

Spectre d'action : antibiotique à spectre étroit surtout utilisé contre le staphylocoque : l'acide fusidique (Fucidine®-1965).

QUATRIÈME CIBLE : L'ARN POLYMÉRASE

Ces antibiotiques agissent en bloquant l'ARN-polymérase, molécule enzymatique capable de transcrire les informations contenues dans l'ADN du chromosome en ARN lisible par les ribosomes (cf. page 20).

Les rifamycines

Spectre d'action : ce sont des produits à large spectre puisqu'ils agissent sur de nombreux coques à Gram + et à Gram -, sur les bacilles à Gram +, divers bacilles à Gram - (notamment les *Brucella*) mais aussi sur les mycobactéries de la tuberculose et de la lèpre. Ils ont également la capacité de détruire les bactéries situées à l'intérieur des cellules de l'organisme humain.

Chefs de file : la rifamycine (Rifocine®-1966) et la rifampicine (Rifadine-1969).

CINQUIÈME CIBLE : L'ADN

Ces antibiotiques agissent en bloquant l'ADN-polymérase, molécule enzymatique capable de recopier l'ADN du chromosome bactérien pour fabriquer un deuxième chromosome au moment de la multiplication de la bactérie.

Les quinolones

Spectre d'action : antibiotiques à spectre limité à certains bacilles à Gram -, mais inactifs sur le *Pseudomonas.*

Chefs de file : acide nalidixique (Négram®-1968), acide oxolinique (Urotrate®-1974), acide pipémidique (Pipram®-1975).

Les fluoroquinolones

Spectre d'action : ces produits ont le spectre des quinolones élargi au *Pseudomonas* et aux staphylocoques.

Chefs de file : fluméquine (Apurone®-1978), péfloxacine (Péfalcine®-1985), norfloxacine (Noroxine®-1986), ofloxacine (Oflocet®-1987), ciprofloxacine (Ciflox®-1988), énoxacine (Enoxor®-1993), sparfloxacine (Zagam®-1993).

Les produits nitrés

Il s'agit de précurseurs d'antibiotiques qui peuvent se transformer, en pénétrant dans certaines bactéries, en produits toxiques pour l'ADN.

Les oxyquinoléines

Spectre d'action : produits à spectre large utilisés dans le traitement des infections urinaires ou intestinales.

Chefs de file : la nitroxoline (Nibiol®-1969) et le tilboquinol (Intérix®-1969).

Les nitrofuranes

Spectre d'action : produits à spectre large utilisés dans le traitement des infections urinaires ou intestinales.

Chefs de file : nitrofurantoïne (Furadantine®-1971) et nifuroxazide (Ercéfuryl®-1972).

Les nitro-imidazolés

Spectre d'action : spectre limité aux bactéries anaérobies, surtout les bacilles à Gram - et les bacilles à Gram + sporulés.

Chefs de file : métronidazole (Flagyl®-1971) et ordinazole (Tibéral®-1984).

SIXIÈME CIBLE : SYNTHÈSE DE L'ACIDE FOLIQUE

La bactérie a besoin d'acide folique pour se multiplier. Les produits capables d'inhiber la fabrication de cette molécule seront donc bactériostatiques.

Les sulfamides

Spectre d'action : deux antibiotiques à spectre théoriquement large mais pour lesquels on isole fréquemment des souches résistantes : sulfadiazine (Adiazine®-1945) et sulfaméthisol (Rufol®-1949).

La triméthoprime

Spectre d'action : un produit à spectre large pour lequel les résistances sont moins fréquentes que pour les sulfamides et qui est souvent utilisé en association avec eux : la triméthoprime (Wellcoprim®-1982) et en association (Bactrim®-1971).

Conditions d'activité d'un antibiotique

La détermination, par l'antibiogramme, de la liste des antibiotiques actifs sur un microbe mis en cause dans une infection n'est pas suffisante pour affirmer que le produit sera réellement actif dans l'organisme. Trois autres conditions sont nécessaires : l'antibiotique doit pouvoir diffuser dans le corps jusqu'aux foyers infectieux et ensuite pénétrer dans la bactérie ; il ne doit être ni modifié ni détruit ; il doit se fixer sur une des cibles de la bactérie que nous avons citées plus haut (cf. pages 19 à 21).

Pénétration

Les antibiotiques n'ont pas le même pouvoir de diffusion dans les différents tissus du corps où il est d'ailleurs difficile de mesurer leur concentration. Cependant, on peut les classer selon ce critère :

- bonne diffusion : les phénicolés, les cyclines, le groupe des macrolides, les rifamycines, les quinolones et les fluoroquinolones.
- diffusion médiocre : les aminosides, les polymyxines et la vancomycine.
- diffusion moyenne : les bétalactamines.

Le plus difficile est de leur faire passer la barrière méningée, ce qui explique les problèmes de traitement des méningites ou des abcès du cerveau. En effet, le taux retrouvé dans le liquide céphalo-rachidien (liquide qui baigne les ventricules du cerveau et le canal rachidien) est le 1/10e du taux sanguin !

On comprend que ces problèmes de diffusion conditionnent l'importance des doses administrées.

De plus, la paroi et les membranes bactériennes opposent des mécanismes, originaux pour chaque espèce, à la pénétration des antibiotiques. Ces paramètres doivent être soigneusement considérés pour le choix des traitements.

Structure de l'antibiotique

La plupart des produits ne sont pas altérés dans l'organisme. En revanche, de nombreuses enzymes fabriquées par les germes sont capables de détruire ou de modifier les molécules antibiotiques de telle sorte qu'elles ne puissent plus se fixer sur leur cible. Ces enzymes font partie des mécanismes de résistance.

Fixation sur la cible

Toutes les cibles possibles ont été décrites et associées aux différentes familles d'antibiotiques (cf. pages 53 à 62). La bactérie peut, par un mécanisme de résistance acquis, protéger ses cibles notamment en en modifiant légèrement la structure.

ADAPTATION ET RÉSISTANCE AUX ANTIBIOTIQUES

Avec leur unique cellule et leur unique chromosome, les bactéries apparaissent, au premier abord, comme très défavorisées dans leur affrontement avec l'homme si complexe, muni de ses dix mille milliards de cellules ultra-perfectionnées. Mais il s'agit d'une considération un peu hâtive qui ne prend pas en compte le fait que chaque être de la biosphère est équipé pour survivre au mieux dans son environnement. Il est certain que l'homme, avec son cerveau très développé, réalise des performances étonnantes. Mais les bactéries, grâce à leur énorme surface de contact avec le milieu (cf. page 18), sont sans doute capables d'utiliser au mieux toutes les informations qu'elles captent avec comme buts essentiels de survivre et de pérenniser l'espèce. De plus, elles sont tellement indispensables à toutes les formes de vie sur terre que tout se passe comme si elles avaient été programmées pour ne pas pouvoir disparaître. Le Pr François Jacob, Prix Nobel de médecine et éminent bactériologiste, disait, pendant ses cours à l'Institut Pasteur : « Le rêve d'une bactérie, c'est de faire deux bactéries. » Ce rêve, les milliards de milliards de milliards de milliards, etc., de bactéries qui nous entourent le réalisent à chaque minute.

On comprend donc que leur aptitude à la survie soit exceptionnelle et que, de ce fait, elles puissent mettre au point des systèmes de résistance à nos antibiotiques.

Les bactéries n'ont pas de « mauvaises intentions » vis- à-vis de l'homme. Elles font simplement partie d'un vaste plan d'ensemble et sont équipées pour demeurer à leur place comme maillon indispensable de cet ensemble. Le phénomène de « résistance aux antibiotiques » n'est ni un phénomène nouveau, ni un phénomène récent. Ce qui est nouveau, c'est l'ampleur du phénomène de cette « montée » de la résistance.

Quels sont donc les systèmes qu'elles utilisent pour mettre en échec nos traitements ? Ils sont au nombre de trois : imperméabilisation, inactivation et modification de la cible.

Stratégies d'adaptation

Imperméabilisation

Elle concerne la membrane extérieure et la membrane plasmique. L'antibiotique ne peut pas entrer dans la cellule bactérienne et ne peut donc pas atteindre sa cible.

Beaucoup de bactéries sont naturellement imperméables à certains antibiotiques.

Dans d'autres cas, cette situation est acquise. Il s'agit alors de mutations (changements dans le programme génétique de la bactérie) ou de transferts de plasmides (cf. page 70) dont les mécanismes seront étudiés plus loin.

Inactivation

L'inactivation est due à l'activité de protéines à fonctions enzymatiques capables de modifier la structure de la molécule d'antibiotique. L'information qui permet la fabrication de ces enzymes est souvent portée par des plasmides capables de se multiplier dans une cellule bactérienne et de passer d'une bactérie à l'autre même si elle n'est pas de même espèce. Parfois cette information est portée par un gène du chromosome.

Au cours des soixante années d'antibiothérapie, on a ainsi vu apparaître de plus en plus fréquemment dans les souches isolées chez les malades : des pénicillinases, des céphalosporinases, des aminosidases, des transférases respectivement capables de dégrader les pénicillines, les céphalosporines, les aminosides et le chloremphénicol.

Modification de la cible

Il s'agit généralement d'une mutation, c'est-à-dire un changement survenu dans le programme génétique du chromosome. La cible est alors légèrement modifiée parce que le programme qui en assure la construction est lui-même modifié. Cette résistance peut concerner : les bétalactamines, les aminosides, les macrolides, les quinolones.

Mécanismes de l'adaptation

Tous les travaux effectués depuis une vingtaine d'années ont montré que la montée de la résistance aux antibiotiques était due à leur surconsommation, à des traitements mal prescrits (trop courts, trop longs et parfois mal dosés) et à une utilisation dévoyée.

Trop d'antibiotiques mal prescrits

En vingt ans, la consommation d'antibiotiques par personne et par an a doublé. Si on la compare avec les autres pays européens, elle est très supérieure en France où elle augmente de près de 4 % chaque année aussi bien en pratique hospitalière qu'en ville. Elle atteint aujourd'hui le chiffre de 100 millions de prescriptions par an (80 % en pratique de ville et 20 % à l'hôpital).

Cette administration répétée d'antibiotiques chez l'homme tend à éliminer les bactéries sensibles pour laisser place au développement des germes résistants, a fortiori si la maladie ne justifie pas la prescription. Ainsi, sur les 18 millions de consultations par an pour rhino-pharyngites, toujours d'origine virale, 37 % d'entre elles sont traitées par antibiothérapie, soit près de 7 millions de prescriptions inutiles.

Nous avons cité en introduction (cf. page 10) des chiffres analogues pour les angines. De plus, quand on prend en considération tous les critères d'une bonne prescription (indication thérapeutique, choix du produit, posologie, durée du traitement, association médicamenteuse et respect des contre-indications), on peut aller jusqu'à 90 % de prescriptions non conformes.

Utilisation dévoyée des antibiotiques

L'utilisation la plus scandaleuse des antibiotiques se trouve dans l'élevage où le recours intensif à ces produits, sur de longues durées, a pour effet d'accroître le rendement en viande mais conduit, en même temps, et inévitablement, à la sélection de bactéries multi-résistantes. De plus ces produits, éliminés dans l'environnement par le tube digestif des animaux, passent dans les effluents, l'eau et l'alimentation et viennent ainsi indirectement coloniser la flore intestinale de l'homme.

En fait, l'emploi des antibiotiques dans l'élevage d'animaux de consommation est d'abord à visée thérapeutique, soit pour l'éradication d'une infection présente, soit pour la prévention d'une infection possible à l'occasion d'un transport, d'une vaccination ou d'un stress de l'animal. Le remède est généralement mélangé à l'eau de boisson ou incorporé dans l'aliment. Les principales familles d'antibiotiques sont employées mais le nombre de molécules choisies est restreint.

À côté de cette utilisation thérapeutique, les éleveurs pratiquent un usage zootechnique qui s'appuie sur une observation faite il y a une cinquantaine d'années selon laquelle l'addition de faibles quantités d'antibiotiques à la nourriture des animaux, pendant leur période de croissance, permettait d'obtenir un gain de poids estimé entre 2 et 5 %.

Alertés par les vétérinaires qui contrôlaient les denrées alimentaires et qui observaient que les effets bénéfiques sur le poids du cheptel s'observaient surtout dans les élevages aux conditions d'hygiène mauvaises, les pouvoirs publics européens ont commencé dès 1974 à réglementer ces pratiques. Depuis 1999, seules quatre molécules sont utilisables comme additifs ou facteurs de croissance et parmi celles-ci seulement deux ont une activité antibiotique tout en n'ayant aucune parenté de structure avec les molécules utilisées pour les infections humaines. Malheureusement, les États-Unis n'ont pas suivi ces mesures de bon sens et les éleveurs américains continuent d'utiliser à des doses voisines de celles utilisées en thérapeutique les grandes familles d'antibiotiques comme les bétalactamines et les tétracyclines.

L'accélération, durant les dix dernières années, de la fréquence de l'apparition de souches bactériennes résistantes dont la majorité est devenue insensible à plusieurs antibiotiques a provoqué la création de réseaux de surveillance. Une structure nationale, l'« Observatoire National de l'Épidémiologie de la Résistance Bactérienne aux Antibiotiques » (ONERBA), qui fédère l'ensemble des réseaux du pays, a donc vu le jour en décembre 1996.

Il n'était que temps. En effet, les risques de ces pratiques irresponsables justifiées uniquement par le lucre sont importants. Le premier s'observe donc dans la montée galopante des souches résistantes susceptibles de contaminer l'homme et le deuxième concerne la toxicité directe et les allergies induites par les résidus d'antibiotiques dans les denrées alimentaires. De ce fait, la législation a introduit, depuis le 1er janvier 1997, la définition des « Limites Maximales de Résidus » (LMR). Cela entraîne le contrôle des temps d'utilisation des traitements et impose d'attendre une période suffisante après la fin de ceux-ci pour commercialiser la viande ou les autres produits.

Les mécanismes génétiques

Deux mécanismes sont bien identifiés qui font intervenir l'ADN de la bactérie (cf. page 19).

Il peut s'agir d'une mutation (cf. pages 40 et 41) qui survient sur une partie (un gène) du chromosome bactérien, entraînant alors la fabrication d'une protéine anormale support de la résistance. Dans ce cas, la résistance est transmise à toute la descendance mais uniquement à la descendance de cette bactérie.

Il peut s'agir de l'acquisition par la bactérie d'un morceau d'ADN, donc d'une information génétique qui porte le caractère de résistance, en provenance d'une autre bactérie déjà résistante. Ces brins d'ADN appelés « plasmides » ou « transposons » sont facilement échangés entre bactéries, quelle que soit l'espèce, et ils portent souvent plusieurs caractères de résistance. Dans ce cas, celle-ci se transmet à la descendance mais aussi aux bactéries voisines. Ce processus est beaucoup plus dangereux que le précédent car il permet l'acquisition rapide de la résistance à plusieurs antibiotiques pour des dizaines de bactéries d'espèces différentes.

Les maladies en cause

La montée de la résistance est inquiétante car elle est sortie des murs de l'hôpital où elle fut longtemps confinée.

Ainsi, 30 à 40 % des souches de staphylocoque doré (le plus agressif des staphylocoques) sont résistantes à la méthicilline.

Les pneumonies à pneumocoques, chez les enfants, les méningites à *Haemophilus*, les dysenteries à *Shigella*, les tuberculoses pulmonaires, de nombreuses infections à streptocoques et à entérocoques, surtout dans les hôpitaux, sont de plus en plus fréquemment insensibles à plusieurs familles d'antibiotiques, ce qui entraîne des retards dans les traitements.

Même si l'impact de la résistance n'est pas encore très important en pratique de ville, certains échecs dans les cas d'otites et de pneumonies incitent à donner l'alerte. Comme le dit avec bon sens le Pr Benoît Schlemmer : « N'attendons pas que la résistance soit responsable d'un échec sur deux pour réagir ! »

LA LUTTE CONTRE LA RÉSISTANCE

Meilleur emploi des antibiotiques

Comme nous venons de le voir, les antibiotiques sont très mal employés. Les règles qui suivent représentent un abrégé du guide des bonnes pratiques que médecins et patients devraient respecter.

Les angines et les rhino-pharyngites, qui sont, dans 90 % des cas, d'origine virale, ne devraient pas recevoir systématiquement une prescription d'antibiotiques toujours inactifs sur les virus. Le test rapide de dépistage proposé gratuitement aux médecins devrait faire évoluer les choses dans le bon sens puisqu'il permet de distinguer l'origine bactérienne ou virale de l'affection.

Une fièvre n'est pas toujours symptôme d'infection et, même si c'est le cas, la plupart du temps, il est absurde de prescrire des antibiotiques avant qu'un diagnostic précis ait été posé. Au pire, cela peut masquer un diagnostic ; le plus souvent la prescription est inutile et ne peut que favoriser l'émergence de souches résistantes.

Dans tous les cas, les posologies et les durées optimales doivent être respectées pour atteindre l'efficacité maximale qui correspond à la destruction de la population bactérienne. Il faut rappeler qu'un traitement en cours ne doit pas être interrompu même si tous les symptômes ont disparu. Dans l'autre sens, il ne sert à rien de le prolonger au risque de déséquilibrer les flores microbiennes buccale, intestinale ou vaginale.

De même, il est important de respecter les horaires et les modalités de prises pour assurer l'effet maximal de l'antibiotique.

Les antibiotiques ne sont pas faits pour autoriser les enfants à aller à la crèche et les médecins doivent absolument résister aux demandes des mamans qui réclament cette prescription pour que l'on accepte leur bébé atteint d'une banale rhino-pharyngite.

Il est toujours préférable d'utiliser un antibiotique bien ciblé sur le germe à détruire plutôt que de prescrire un produit à large spectre.

Il ne faut jamais utiliser un reste de médicament trouvé dans une armoire à pharmacie. Cette règle, qui a une valeur générale, est particulièrement sensible concernant les antibiotiques car le risque est de ne pouvoir assurer qu'un traitement partiel qui ne guérira pas la maladie et favorisera l'apparition des résistances.

Les médecins qui sont très imprégnés de toutes ces notions devraient consacrer une partie de leur temps à les diffuser dans leur clientèle.

Quant aux patients, rien ne les empêche de discuter avec leur médecin de l'opportunité d'une prescription antibiotique qui aurait été un peu hâtive. De ce dialogue pourrait émerger une plus grande modération.

Recherche de nouveaux antibiotiques

Aucune nouvelle famille d'antibiotiques n'a été découverte depuis vingt-cinq ans ! Les laboratoires pharmaceutiques se sont contentés de modifier les produits existants pour tenter de leur conférer un plus grand spectre d'action ou une résistance spécifique vis-à-vis des enzymes fabriquées par les bactéries pour les détruire.

Ce constat mérite explication car il correspond à une conception de la pathologie infectieuse qui a conduit la médecine dans ce que l'on peut appeler « l'Impasse de la Résistance ». Fort des succès régulièrement obtenus pendant une vingtaine d'années, médecins et biologistes ont cru que l'arsenal thérapeutique permettrait de maîtriser les maladies infectieuses et chacun s'est endormi sur ses lauriers. Les recherches ont été un peu délaissées par l'industrie pharmaceutique bien que l'apparition des premières souches résistantes remonte aux premières utilisations de la pénicilline dans les années 40 ! Lorsque ces recherches ont repris, réactivées pour répondre à la croissance de plus en plus rapide du nombre et des variétés de bactéries résistantes, il s'est écoulé de nombreuses années pour que renaisse l'espoir. En effet, la mise au point, l'expérimentation et la mise sur le marché d'une nouvelle molécule thérapeutique sont toujours complexes, onéreuses et longues.

Heureusement, les progrès de la biologie moléculaire permettent d'avancer plus vite et ouvrent de nouvelles perspectives. Le décryptage, donc la connaissance de la totalité du génome (toute l'information génétique), de plusieurs micro-organismes est achevé. C'est le cas pour le pneumocoque, le staphylocoque, *Mycobacterium tuberculosis* (agent de la tuberculose) et *Helicobacter pylori* (agent de l'ulcère d'estomac), et une quarantaine d'autres sont en cours. Les données obtenues sont des sources essentielles pour imaginer des antibiotiques (et des vaccins, voir page 85) ayant des cibles et des modes d'action radicalement nouveaux.

Une autre voie très prometteuse est représentée par l'étude des moyens de défense naturelle des animaux et des plantes. Il y a là un gisement énorme de molécules originales, très actives, véritable source d'inspiration pour concevoir les antibiotiques de demain. De très nombreux laboratoires, dans le monde, travaillent sur ce thème et ont déjà pu isoler différentes familles de protéines capables d'inactiver bactéries et champignons notamment chez les grenouilles, les insectes, les crabes, les oursins, les porcs et même l'homme. Récemment, trois molécules ont été isolées chez la mouche drosophile qui sert depuis plus d'un siècle aux études génétiques : la drosomycine, agent antifongique, et la diptéricine et la drosocine, agents antibactériens. Il reste évidemment à étudier l'innocuité et l'activité de ces molécules dans d'autres espèces et notamment chez l'homme.

Récemment, deux nouveaux produits appartenant à deux nouvelles familles d'antibiotiques ont cependant été mises sur le marché aux États-Unis. Le premier est le linezolid (Zyvox®) destiné à traiter des infections du tube digestif provoquées par l'entérocoque résistant à la vancomycine et les pneumonies et infections cutanées dues au staphylocoque doré résistant à la méthiciline. Le second est la télithromycine (Ketek®) très active sur les coques résistants agents de pneumonie, de bronchites, d'angines, de pharyngites, de sinusites aiguës. Ce dernier produit a reçu une autorisation également pour les pays de la Communauté européenne.

Les bactériophages

Les bactériophages (« phages » en abrégé) sont les virus des bactéries. Ils sont donc très petits et ne peuvent infecter que les cellules bactériennes. Cette infection aboutit à la multiplication rapide du phage qui finit par faire éclater la bactérie. Des millions de nouveaux phages sont alors dispersés dans l'environnement et susceptibles de détruire les bactéries environnantes de la même espèce. En effet, les phages sont très sélectifs et il en existe une large gamme correspondant aux différentes bactéries.

Dans les années 70, des essais ont été menés pour tester l'utilisation de phages dans les maladies infectieuses sur l'animal et sur l'homme. Des résultats médiocres avaient fait abandonner cette voie. Les recherches reprennent aujourd'hui du fait de la montée de la résistante aux antibiotiques mais, avant de passer aux essais cliniques sur une grande échelle, il faudra évaluer l'éventuelle « toxicité » des phages. Il faudra aussi tenir compte de l'apparition des souches bactériennes déjà résistantes aux phages !

Réversibilité de la résistance ?

Tous ces efforts concentrés sur les maladies infectieuses permettent-ils d'espérer un retour à la situation qui préexistait à l'ère des antibiotiques ? La réponse à cette cruciale question semble devoir être positive si l'on se réfère aux résultats obtenus par des pays comme l'Islande où une restriction draconienne des prescriptions d'antibiotiques a abouti à un nouvel équilibre entre les souches sensibles redevenues très majoritaires et les souches résistantes redevenues très rares voire absentes. En effet, tout se passe comme si la plupart des souches sensibles (appelées parfois sauvages) présentaient un meilleur développement que les souches résistantes et, de ce fait, reprenaient progressivement l'avantage lorsque la pression de sélection des antibiotiques ne se fait plus sentir.

TROISIÈME PARTIE

Infections et médecine globale

PRÉAMBULE

Le terme de « médecine globale » employé ici recouvre une approche de la santé différente de celle proposée et souvent imposée par la médecine officielle.

Dans la conception allopathique exposée ci-dessus, l'importance accordée au microbe et à sa destruction par les antibiotiques est majeure. Cependant, les limites d'une telle pratique sont désormais évidentes.

Dans une conception globale, personnaliste, la première importance sera accordée au sujet. Cela signifie que, sans oublier qu'il est toujours préférable de tenter d'éliminer un agent infectieux qui se développe dans un organisme, la plus grande attention est portée sur la personne dans sa totalité, corps et psychisme rassemblés, et sur la qualité des défenses naturelles (défenses immunitaires) de l'organisme et les moyens de les renforcer.

Il suffit de lire attentivement les récits et publications très documentées des grandes épidémies de l'histoire pour s'apercevoir que, même dans les pires des situations, jamais une population entière ne fut rayée de la carte du monde. Il y eut toujours des survivants qui ne furent pas contaminés ou qui, du moins, ne firent pas la maladie. Même la grande peste du Moyen Âge qui parcourut toute l'Europe et décima la moitié de sa population laissa beaucoup de personnes indemnes.

Cela illustre bien que, d'une part, nous ne naissons certainement pas égaux concernant nos défenses immunitaires (c'est maintenant une évidence démontrée par la génétique et la génomique) et que, d'autre part, ces défenses connaissent des hauts et des bas tout au long de notre vie. Enfin, il doit bien exister des moyens de stimuler ces défenses pour les amener à leur meilleur rendement au moment où leur efficacité doit s'exercer à plein régime.

LES DÉFENSES IMMUNITAIRES

Elles focalisent un grand nombre de recherches et constituent un domaine immense, très complexe, et encore très peu exploré de la biologie. Il est intéressant d'en esquisser les grandes lignes pour ouvrir les voies d'une médecine globale.

Tous les êtres vivants sur la terre sont munis de moyens de protection contre leur environnement. Nous venons de voir que les bactéries elles-mêmes, qui en sont les plus simples représentants, sont capables de s'adapter à l'agression des antibiotiques. Les insectes, qui sont désormais l'objet d'études approfondies grâce à la biologie moléculaire, s'avèrent eux-mêmes capables de fabriquer des molécules actives très originales et spécifiques vis-à-vis des bactéries et des champignons. Ces nouveaux produits, découverts récemment, seront peut-être à l'origine de nouvelles familles d'antibiotiques utilisables pour l'homme.

Les êtres supérieurs multicellulaires, et notamment les mammifères dont font partie les êtres humains, possèdent un système très diversifié et très performant qui leur permet de préserver leur intégrité en identifiant très vite et en empêchant ou en éliminant autant que possible tout corps étranger qui tente de le pénétrer. Pour assurer ce travail de vigilance policière, toute une série de moyens sont en état de veille permanente et peuvent intervenir en cascade. En effet, la plupart des biologistes considèrent que le système immunitaire n'est pas quiescent, endormi à certains moments et en activité lorsque l'ennemi microbien attaque. Pour l'organisme, le plan « vigipirate » est appliqué sans relâche, au point que cela induit un état inflammatoire latent contrôlé.

Dans cet ensemble, on distingue les défenses non spécifiques, mises en œuvre quel que soit l'agresseur, et les défenses spécifiques capables d'identifier et de détruire un ennemi particulier.

Les défenses non spécifiques

Elles sont suffisantes dans l'immense majorité des cas. Ainsi, la peau saine n'est pas facile à traverser. Une seule bactérie, *Francisella tularensis* (cf. page 26), est capable de cet exploit. Pour les autres, le passage de l'extérieur vers le milieu intérieur à travers le revêtement cutané nécessite une blessure. Aucun virus n'est capable de pénétrer par la peau. En revanche, les muqueuses, qui sont les revêtements des autres interfaces entre le monde extérieur et le milieu intérieur de l'organisme, notamment au niveau oculaire, vaginal, bronchopulmonaire ou digestif, sont des portes d'entrée plus faciles.

Outre cette fonction de barrière présentée par la peau et les muqueuses, la phagocytose est une des activités essentielles des cellules spécialisées dans la défense. Il s'agit de la capacité d'absorber le microbe dans le milieu intracellulaire, de le fragmenter et donc de le détruire.

La peau et les muqueuses

La peau

C'est l'organe le plus accessible du corps. Sorte de sac qui enferme les liquides biologiques et les organes internes, ce tissu de recouvrement est la première ligne de défense contre les agressions extérieures, que celles-ci soient physiques (rayons du soleil), chimiques (produits allergisants), biologiques (bactéries, virus, champignons, insectes…) ou psychologiques (stress).

La peau est aussi un organe de communication. Elle fonctionne comme un récepteur de signaux et un émetteur d'informations vers le cerveau. Elle est constituée de deux tissus, l'épiderme, couche la plus superficielle, et le derme qui se trouve juste au-dessous.

L'épiderme contient trois sortes de cellules : les kératinocytes (95 %), qui forment la couche cornée imperméable externe, les mélanocytes (2 à 3 %), dispersés régulièrement parmi les précédents, qui fabriquent la mélanine responsable de la couleur plus ou moins bronzée de la peau et donc de sa protection contre les rayons solaires, et les cellules de Langherans (2 à 4 % soit environ 700 cellules par mm^2), véritables sentinelles de la peau, pourvues de longues ramifications, disséminées dans tout l'épiderme et responsables des défenses immunitaires. Elles sont en effet capables d'absorber les substances étrangères à l'organisme comme les microbes, de les dégrader en constituants plus simples (phagocytose) et de les présenter ainsi sous forme d'une information claire pour les lymphocytes qui sont les cellules du sang effectrices de l'immunité spécifique (voir ci-dessous page 83). Ce travail de présentation se fait dans les ganglions lymphatiques où se rendent les cellules de Langherans pour rencontrer les lymphocytes.

Le derme sous-jacent à l'épiderme est également constitué de différents types de cellules : les cellules fibroblastiques qui fabriquent les constituants qui entourent les cellules, à savoir le sérum et les fibres élastiques et collagènes qui donnent sa mobilité et sa plasticité à la peau, les mastocytes et les cellules dendritiques dermiques qui, toutes deux, sont les équivalents des cellules de Langherans et participent donc aux réactions immunitaires non spécifiques. Il faut enfin noter que le derme est riche en vaisseaux sanguins, en nerfs, en glandes sébacées qui sécrètent un film protecteur (le sébum) à la surface de la peau, en glandes sudorales qui assurent la transpiration et en bulbes pileux, à l'origine des poils.

La présence de très nombreuses terminaisons nerveuses en liaison avec les cellules immunitaires par l'intermédiaire de nombreuses molécules de communication mises en évidence récemment prouvent que le système nerveux central joue un rôle majeur dans les modulations de nos défenses.

Les muqueuses

Toutes les muqueuses, à l'instar de la peau, sont équipées de cellules immunitaires capables d'arrêter la majorité des microbes. Ainsi, les revêtements de l'arbre broncho-pulmonaire, de l'appareil gastro-intestinal, des voies uro-génitales et des conjonctives comptent, en leur sein, 80 % de toutes les cellules immunitaires de l'organisme. C'est dire leur extraordinaire importance. Leur taille est considérable : la muqueuse digestive, à elle seule, représente une surface « déplissée » de 400 mètres !

Les cellules immunitaires spécialisées qu'on y trouve s'appellent les cellules M et sont analogues aux cellules de Langerhans de la peau (cf. page 81) ; elles fonctionnent selon les mêmes mécanismes mais ont, de plus, la capacité de faire sécréter par les muqueuses des anticorps (cf. page 84) appelés « immunoglobines A sécrétoires » qui empêchent la pénétration des microbes en les immobilisant dans la sécrétion externe des muqueuses et en favorisant leur élimination vers l'extérieur. C'est ainsi que la majorité des virus et bactéries contenus dans l'air que nous respirons sont bloqués dans le mucus fabriqué par le revêtement des bronchioles, des bronches et de la trachée et éliminés vers la gorge où cette sécrétion est dirigée, le plus souvent, vers le tube digestif, à notre insu.

Au total, les défenses immunitaires non spécifiques des muqueuses sont capables de bloquer la plupart des infections de façon immédiate.

La phagocytose

Cette fonction, déjà évoquée pour les cellules de Langherans, est aussi assurée par les cellules M des muqueuses, par les cellules dendritiques du derme et par les mastocytes. Ces dernières se retrouvent aussi dans le sang circulant dans et autour des organes lorsqu'ils sont atteints par un corps étranger.

Ainsi, de la surface du corps jusque dans ses parties internes, on peut trouver à l'œuvre, en train de phagocyter ou, plus simplement, de « digérer » un microbe, un mastocyte.

Stimuler les défenses non spécifiques

Les défenses qui viennent d'être décrites commencent seulement à être activement explorées. Les progrès de nos connaissances dans ce domaine doivent beaucoup à l'acquisition très récente de techniques de culture des cellules de la peau et à la reconstitution de véritables couches de peau artificielle sur lesquelles il est facile de tester différents produits.

Cependant, aucun traitement classique allopathique n'est aujourd'hui commercialisé pour renforcer ces défenses. Seuls certains vaccins, comme le vaccin antipoliomyélitique oral, ont pour objectif de renforcer la sécrétion des immunoglobulines A sécrétoires (cf. page 82).

En revanche, on peut penser que la phytothérapie, l'homéopathie et la nutrithérapie sont des moyens efficaces de stimuler ces défenses non spécifiques et il est possible que les résultats obtenus, depuis longtemps, avec les tisanes de nos grand-mères aient pour origine cette immunothérapie locale.

Les défenses spécifiques

Elles interviennent en deuxième ligne lorsque les fantassins du front cutané ou muqueux sont débordés. Mais elles ne sont pas indépendantes des précédentes. Elles travaillent même en étroite collaboration, notamment avec les cellules qui assurent la phagocytose.

Il existe deux types de défenses spécifiques qui sont intriqués : les défenses dites humorales qui englobent les différents anticorps (ou immunoglobulines) fabriqués contre chaque espèce de microbe, et les défenses dites cellulaires qui rassemblent des cellules très spécialisées notamment les lymphocytes.

Défense humorale et anticorps

Les anticorps ou immunoglobulines sont des molécules de protéines, spécifiques d'une bactérie ou d'un virus, synthétisées dès le début d'une infection (elles n'existent pas avant l'infection sauf si cette infection a déjà eu lieu). Elles sont capables de favoriser l'élimination d'un microbe et l'organisme gardera la mémoire de cette synthèse pour assurer, lors d'une prochaine infection par le même germe, l'élimination encore plus rapide de l'agresseur. Du fait de leur spécificité, ces anticorps permettent, de plus, de diagnostiquer rapidement une maladie. La présence de certains d'entre eux, facile à identifier par les moyens de la biologie moléculaire, signe la présence du microbe correspondant.

Défenses cellulaires et lymphocytes

Un grand nombre de cellules, notamment des systèmes cutanéo-muqueux et sanguins, participent aux défenses de l'organisme. Les unes, comme nous l'avons vu, représentent les premières défenses non spécifiques qui doivent parer au plus pressé et assurer des fonctions de phagocytose, ce qui signifie qu'elles « avalent » le microbe en l'intégrant à l'intérieur de la cellule et qu'elles cherchent à l'identifier tout en le dégradant en morceaux. Les autres, très spécialisées, sont surtout représentées par les lymphocytes, identifiées dans le sang mais capables de migrer dans tous les tissus.

Il existe deux grandes classes de lymphocytes qui ont des fonctions différentes et complémentaires avec toujours le même but : éliminer l'adversaire microbien et en garder une mémoire pour se prémunir contre une attaque ultérieure identique. Les lymphocytes B ont comme fonction de fabriquer les anticorps spécifiques après avoir reçu les informations apportées par les cellules qui ont assuré la phagocytose. Les lymphocytes T divisés en plusieurs sous-groupes qui ont de multiples fonctions dont celle de détruire les cellules infectées par des virus.

Selon le type d'agresseur, la réponse des défenses immunitaires varie. Mais les anticorps et les lymphocytes agissent toujours en étroite corrélation assurée par un réseau de communication très performant.

Un sujet capable de refouler l'agression d'un microbe est dit « immunisé » contre ce microbe.

Stimuler les défenses spécifiques

C'est l'objectif que se sont fixé tous les médecins et biologistes qui cherchent à la suite des observations géniales de Jenner les moyens de protéger les personnes contre les infections en aidant l'organisme à s'immuniser à l'avance.

Jenner, un médecin anglais du XVIIe siècle, avait observé que les enfants de la campagne qui avaient contracté une maladie bénigne des vaches appelée vaccine, étaient protégés contre une maladie beaucoup plus grave, la variole, qui sévissait par épidémies et provoquait la mort dans 50 % des cas. Jenner proposa donc d'inoculer la vaccine aux enfants afin qu'ils fussent immunisés contre la variole. Cette pratique fut logiquement appelée « vaccination » et, par extension, tous les procédés ayant la même finalité entrèrent dans cette grande famille des vaccinations.

Les **vaccinations** n'ont pas d'autre but que de déclencher ou de stimuler artificiellement les défenses immunitaires en obligeant l'organisme à se préparer vis-à-vis d'une infection particulière. On utilise pour cela différents types de préparations :

- Des microbes de la même famille capables de déclencher une infection très bénigne et de protéger contre un agent beaucoup plus virulent : c'est le cas de la vaccine qui protège contre les atteintes de la variole.

- Des microbes atténués que l'on a traités pour leur faire perdre leur virulence et qui ne présentent plus d'agressivité mais conservent le pouvoir de stimuler les défenses immunitaires. Il existe des vaccins atténués contre le bacille du charbon.

- Des microbes tués qui n'ont donc plus aucune capacité infectieuse mais qui ont conservé leur pouvoir de stimuler l'immunité. C'est le cas de la poliomyélite.

- Des fractions de microbes, molécules spécifiques non infectieuses évidemment, capables elles aussi de stimuler l'immunité. C'est le cas de la diphtérie et du tétanos.

Malheureusement, nous ne savons pas vacciner de façon efficace contre toutes les maladies infectieuses, notamment les plus graves.

Un système en évolution

Ce système de défenses immunitaires très sommairement décrit nous réserve encore, certainement, bien des surprises. La plupart des spécialistes considèrent qu'il s'agit d'un ensemble en évolution permanente, en création infinie. Selon la formulation très imagée du Pr Michel Fougereau : « Tout se passe comme si le système immunitaire de chacun d'entre nous venait au monde un peu chaque jour, disposant au départ d'un vaste chèque en blanc génétique qui lui permet en permanence de faire du neuf avec du vieux. »

Antibiotiques et défenses immunitaires

Les antibiotiques dont les performances ont été décrites plus haut ont des effets positifs, agressifs, mesurables sur les populations bactériennes. Mais qu'en est-il de leurs actions indésirables sur les populations cellulaires humaines ?

Des études sérieuses, initiées le plus souvent sur les animaux de laboratoire et poursuivies chez l'homme, commencent à établir que de nombreux antibiotiques interfèrent avec les fonctions immunitaires, souvent dans un sens péjoratif.

Ainsi la rifampicine, la lincomycine et la méthicilline inhibent les fonctions des cellules phagocytaires comme les macrophages.

L'acide fusidique et la rifampicine diminuent l'activité de repérage des microbes par les globules blancs.

La céfalotine, la rifampicine, l'érythromycine, l'acide fusidique, la clindamycine, la ciprofloxacine, la polymyxine B, la nitrofurantoïne diminuent la prolifération des lymphocytes.

La rifampicine, la rifamycine, la nitrofurantoïne, la minocycline, la fosfomycine, la céfalotine, la gentamycine, le choramphénicol, la minocycline, la clarithromycine inhibent la production de différentes molécules de communication sécrétées par les cellules du système immunitaire.

La céfalotine, la nitrofurantoïne, la lincomycine, la polymyxine B, la céfalotine, le chloramphénicol, la josamycine, la rifampicine, les tétracyclines diminuent la production d'anticorps par les lymphocytes B.

Certains antibiotiques pourraient même favoriser des infections virales ! Il faudra donc désormais tenir compte de ces effets secondaires dans la prescription des antibiotiques.

UNE CONCEPTION GLOBALE DE LA MÉDECINE

Le microbe n'est pas seul en cause

Dans l'exemple de ce malade atteint d'une septicémie à staphylocoque (cf. page 50), on voit le médecin se polariser sur ce microbe très agressif. On le comprend. Le sujet ne va pas bien et le staphylocoque, dont on sait qu'il est très souvent résistant à de nombreux antibiotiques, n'a pas bonne réputation. Mais dans l'attente des renseignements, d'abord sur la nature du germe puis sur les résultats de l'antibiogramme, il ne peut que naviguer à vue en essayant de contrôler les grands paramètres biochimiques mesurés au jour le jour sur des échantillons de sang.

Ne pourrait-on pas concevoir une autre approche totalement différente qui, d'ailleurs, n'empêcherait en rien de s'occuper du microbe ? Car il faut poser la vraie question : comment croire que la mort d'une population bactérienne, sans modifier le terrain qui lui a permis de se développer, a réglé le problème ? Sans doute, l'obtention de ce résultat, l'éradication du staphylocoque, permettra au malade de ne pas mourir et d'aller mieux après une longue convalescence. Mais quelle sera la suite de sa vie ? Combien faudra-t-il d'épisodes infectieux successifs plus ou moins graves pour qu'il se tourne vers d'autres pratiques médicales et aborde autrement la gestion de sa vie et de sa santé ?

Pour ma part, c'est une aventure de cet ordre, vécue pendant ma carrière hospitalière, qui fut le facteur déclenchant pour m'orienter vers une pratique approfondie de l'homéopathie. Jeune praticien en microbiologie, je collectionnais, pour étudier leur sensibilité aux antibiotiques, des bactéries qui déclenchent habituellement des infections urinaires chez les femmes, *Escherichia coli* (cf. page 31). Les traitements étaient donc proposés sur les indications des antibiogrammes pratiqués dans le laboratoire où j'assurais les fonctions d'assistant. Je m'intéressais donc aussi (!), évidemment, aux personnes infectées et je notais les résultats de ces prescriptions. Ils étaient bons puisque, dans la grande majorité des cas, les symptômes cessaient après leur utilisation. Mais au bout de quelques mois de ce travail, je m'aperçus que les mêmes noms revenaient fréquemment sur les tubes de prélèvement d'urines. Après information auprès de mes confrères cliniciens, j'appris qu'il s'agissait de récidives régulières, ce qui leur paraissait « normal », l'infection urinaire ayant la réputation de devenir facilement chronique.

J'en conclus donc que mes traitements judicieusement choisis et correctement prescrits n'avaient qu'une efficacité très ponctuelle. Je venais de comprendre que le microbe n'était pas seul en cause et j'entrevoyais ce qu'était le « terrain » dont on parlait tant dans les médecines dites « alternatives ».

Psychisme et stress

Il y a bien longtemps que la sagesse populaire rapporte que la bonne humeur, l'optimisme voire le rire sont d'excellents médecins. La question est de savoir si ces observations ont un support biologique réel, en d'autres termes le fonctionnement le plus intime de notre cerveau est-il en corrélation avec les cellules de notre système immunitaire ?

Le médecin allemand Groddeck (1866-1934) a le premier répondu par l'affirmative à cette question en démontrant sur les malades de sa clinique l'existence de ce qu'il a appelé les maladies psychosomatiques, maladies qui touchaient réellement le corps mais qui se développaient et guérissaient grâce à l'intervention de l'esprit. D'autres praticiens l'ont suivi et ont, peu à peu, accumulé les preuves expérimentales qui rendent compte de la profonde unité de toutes les parties du corps et de toutes leurs fonctions.

Il faut citer ici Hans Selye, Frantz Alexander et le Français Henri Laborit qui se sont intéressés au stress défini comme « la réponse de l'organisme aux facteurs d'agression physiologiques et psychologiques ainsi qu'aux émotions qui nécessitent une adaptation » et ont été des pionniers pour décrypter la complexité des relations innombrables entre le corps et le cerveau, entre la matière biologique et l'esprit humain.

La preuve est faite aujourd'hui des interrelations existant entre les lymphocytes du système immunitaire, les hormones et les régulateurs du sang circulant et les cellules neuronales du cerveau. Ces trois ensembles, système neuro-endocrinien, système nerveux et système immunitaire, assurent l'homéostasie, c'est-à-dire la maintenance de l'équilibre harmonique de notre corps, grâce à un échange d'informations très performant et permanent. Tous les stress, toutes les émotions interviennent en positif ou en négatif sur ce volant régulateur qui a pour mission de nous remettre en équilibre.

Concernant les maladies infectieuses, de nombreuses publications montrent que le stress altère la réponse du système immunitaire, mais les changements biologiques mesurables qu'il provoque sont généralement modérés. Cependant, sur le plan clinique, malgré cette faible perturbation, les personnes soumises aux grands stress aigus ou chroniques ont une susceptibilité beaucoup plus marquée aux infections.

Ainsi, dans l'ulcère d'estomac où le germe *Helicobacter pylori* joue un rôle important, sa prévalence est beaucoup plus grande en cas de stress aigu, en salle de réanimation.

Les maladies à streptocoques du groupe A frappent plus volontiers les membres d'une famille ayant vécu un stress psychologique récent (divorce, décès d'un parent proche, autres maladies).

Les infections respiratoires aiguës et les rhumes sont particulièrement fréquents chez les ouvriers travaillant dans l'emballage des viandes dans les entrepôts frigorifiques.

Chez les soldats russes pendant la guerre menée en Afghanistan, les blessures s'infectaient anormalement.

Si l'on inocule à des volontaires des virus bénins comme les rhinovirus, le coronavirus ou le virus respiratoire syncitial, on observe chez un sujet sur trois une réponse par la présence d'anticorps dans le sang et peu de symptômes cliniques. Cependant, si ceux-ci sont soumis à un stress, ils font plus souvent une maladie apparente avec symptômes nets. On peut en conclure que le stress diminue la résistance aux infections respiratoires supérieures.

Rappelons aussi que la cortisone, qui est une des hormones sécrétées abondamment au cours du stress, aggrave la traduction clinique des infections à staphylocoques, pneumocoques, *Yersinia* et mycobactéries.

Enfin, il faut citer deux observations vétérinaires car les animaux présentent l'intérêt d'avoir un système psychique un peu moins élaboré que celui de l'homme. Leur réponse au stress est donc plus nette.

La première observation concerne le transport de jeunes veaux, qui est un facteur majeur de stress et qui déclenche chez ces animaux une entérite infectieuse redoutée des éleveurs et des vétérinaires car souvent mortelle. Le meilleur traitement n'est pas à base d'antibiotiques mais fondé sur l'attention et la gentillesse du personnel qui s'occupe du bétail.

La deuxième observation concerne les singes cercopithèques utilisés dans les centres de recherche. Ces animaux ont besoin d'espace car ils ne supportent pas l'enfermement qui déclenche chez eux de fréquentes maladies infectieuses.

Soigner le stress ?

Plutôt que de soigner le stress, qui est souvent un élément nécessaire à la vie, il vaut mieux parler de le réguler, de le rendre utile, de le domestiquer pour en faire un outil performant à notre service.

Il est vraisemblable que les remèdes homéopathiques et phytothérapiques interviennent de façon très positive dans cette régulation (cf. le livre de l'auteur : *Homéostress*).

CHOISIR SA « MÉDECINE »

La médecine est une. Chaque médecin responsable devrait marteler cette affirmation de bon sens. Soigner, c'est toujours rechercher les moyens les plus adaptés, quels qu'ils soient, pour ramener à l'équilibre un corps et une personne en difficultés.

Cependant, on parle souvent « des médecines » en leur ajoutant des qualificatifs plus ou moins heureux : elles pourraient être « douces » ou « alternatives » ou « globale », ou pour l'exotisme « chinoise » ou « ayurvédique », ou encore, pour les intellectuels, « holistique ». Et il faudrait donc choisir sa chapelle et s'y cantonner avec tout ce qu'a de réducteur une telle attitude. Car il ne s'agit pas de comparer plusieurs médecines mais plutôt de prendre dans chacune d'elles ce qui pourrait être utile pour traiter un malade. On devrait donc parler de plusieurs « méthodes thérapeutiques » mises au service d'une personne et chaque médecin devrait avoir, dans sa besace, plusieurs types de remèdes adaptés à des situations différentes. Ce n'est malheureusement pas le cas et le corps médical se présente trop souvent comme un agrégat de « frères plus ou moins ennemis » qui passent beaucoup de temps à polémiquer au lieu de tenter une synthèse de leurs acquis. Cette situation est en grande partie générée par l'ostracisme de la médecine « officielle », enseignée dans les facultés, qui, pour préserver son pouvoir, a banni toute réelle concertation avec les représentants des « autres médecines ».

Il faut définitivement rompre avec cette conception étriquée. C'est pourquoi d'autres moyens thérapeutiques que les antibiotiques de la médecine officielle sont proposés ci-dessous : l'hygiène de vie, l'alimentation, la phytothérapie, l'homéopathie et la nutrithérapie.

L'HYGIÈNE DE VIE

L'exercice physique

La sédentarité est un des pires ennemis du corps en général, des systèmes articulaire, endocrinien, cardio-vasculaire et des défenses immunitaires en particulier. Notre organisation sociale nous pousse à l'immobilité et l'utilisation de la voiture pour aller faire la moindre course au magasin voisin fait que l'on ne sait plus parcourir un kilomètre à pied.

Il faut donc s'efforcer d'avoir au moins une heure d'activité physique par jour, de préférence au grand air, sous forme de marche par exemple, ce qui représente un parcours de quatre à cinq kilomètres. C'est facile, d'autant plus que des études menées aux États-Unis, portant sur des cohortes de trois cents personnes, ont montré que les bénéfices étaient les mêmes quelles que soient les modalités de la marche : marche lente, tranquille en promenant son chien ; marche soutenue ; marche accélérée. Cette heure de marche peut d'ailleurs se décomposer en deux fois trente minutes ou quatre fois un quart d'heure. Une suggestion pour tous les gens qui utilisent les transports en commun, notamment ceux qui travaillent dans la région parisienne : descendre une ou deux stations avant sa destination est un bon moyen de faire, chaque jour, son quota de kilomètres à pied.

Le retour en grâce du vélo témoigne d'ailleurs d'une prise de conscience nouvelle de cette nécessité. Tous les sports sont également bons, pourvu qu'ils soient pratiqués avec modération et en dehors de tout esprit de vraie compétition, sauf pour les athlètes ou les professionnels, évidemment. Remarquons, cependant, que de nombreux sportifs de haut niveau, qui font intensément travailler leur corps, comme les footballeurs, présentent fréquemment des accidents musculaires tendineux voire osseux ainsi qu'une plus grande sensibilité aux maladies infectieuses, liés à un excès d'entraînement.

Il faut enfin faire une remarque à propos du jogging, très à la mode : ce n'est pas forcément le meilleur moyen de pratiquer l'exercice physique. L'être humain est certainement fait plus pour marcher que pour courir. La course est associée, depuis toujours, à la fuite devant le danger, c'est-à-dire à un stress dont nous avons vu (cf. page 89) qu'il n'était jamais bon pour les défenses immunitaires. De plus, à partir de quarante ans, nos ligaments et nos tendons articulaires sont moins souples et donc moins résistants vis-à-vis des microtraumatismes à répétition générés par le sport. La marche présente cet avantage de faire toujours reposer le poids du corps sur une jambe. En revanche, durant la course, à chaque enjambée, le corps pendant une fraction de seconde est en l'air, sans appui. Tout son poids retombe alors brutalement sur un seul pied, donc une seule jambe dont les systèmes articulaire et musculaire sont violemment sollicités. Fréquemment, cela génère de multiples petites lésions qui sont autant de petites inflammations susceptibles de désorganiser le système immunitaire.

La résistance au froid

L'entraînement à résister aux variations de température et notamment au froid est certainement un excellent moyen de stimuler ses défenses immunitaires.

Sans aller jusqu'aux pratiques téméraires de nos amis russes qui découpent la glace de leurs lacs pour prendre des bains « revigorants », il est certain qu'il faut apprendre à ne pas trop s'emmitoufler et à déterminer, voire à repousser les limites de sa résistance. La prise de douche froide ou d'alternance de chaud et de froid est certainement stimulante pour nos défenses immunitaires. Cela rentre dans le cadre de l'exploration, jamais terminée, des possibilités de notre corps et de notre esprit qui nous donne un meilleur contrôle des maladies et singulièrement des pathologies infectieuses.

L'hygiène des mains

L'existence de souches bactériennes de plus en plus résistantes rappelle qu'à la maison comme à l'hôpital, il est urgent de remettre en vigueur les règles d'hygiène élémentaires qui ont été oubliées du fait de l'utilisation des antibiotiques. Ces mesures sont essentielles pour lutter contre la transmission des germes.

Parmi les plus efficaces, le lavage des mains est trop souvent négligé, dans la population générale comme chez les médecins et le personnel infirmier hospitalier.

Les mains portent deux types de populations bactériennes : l'une est appelée « résidente » et comporte des bactéries très peu pathogènes qui vivent depuis toujours avec nous, sur notre peau, et sont en quelque sorte nos bactéries « domestiques » ; l'autre est appelée « transitoire » et compte des bactéries de passage qui proviennent du milieu extérieur et de la peau d'autres personnes que nous avons touchés et également de notre tube digestif (salive, selles). C'est par cette flore transitoire que les contaminations se font et que les épidémies se propagent. Elle représente un grand danger et elle est responsable en grande partie des épidémies de gastro-entérites et des infections respiratoires bactériennes, en particulier chez l'enfant.

À la maison, le lavage des mains avant chaque repas, à l'eau et au savon, durant au moins 30 secondes avec essuyage avec une serviette propre, est une pratique qui doit redevenir systématique.

À l'hôpital, le lavage des mains systématique avant et après chaque soin doit redevenir une règle impérative incontournable car c'est la mauvaise hygiène des mains qui est une source majeure de dissémination des germes et donc de transmission des redoutables infections nosocomiales notamment par le *Pseudomonas* et le staphylocoque (cf. pages 37 et 38)

Refuser toutes les drogues

Il ne sera pas question ici des drogues dites dures comme la cocaïne, l'héroïne ou l'opium. Chacun sait bien qu'elles détruisent la vie.

Il faut insister en revanche sur deux drogues que notre société tolère et même considère, malheureusement, avec bienveillance : le tabac et l'alcool. Il s'agit là de deux fléaux qui retentissent en négatif sur les défenses immunitaires et font le lit des maladies infectieuses.

L'alcool

La consommation d'alcool en France et dans le monde est un phénomène majeur de santé publique. Les enquêtes épidémiologiques montrent que seulement 10 % des hommes et 30 % des femmes déclarent n'avoir jamais consommé d'alcool. Pour les autres, on peut distinguer ceux qui en consomment peu (65 % des hommes et 30 % des femmes), ceux qui sont « à risques » avec plus de 20 verres par semaine pour l'homme et 14 pour la femme, et les consommateurs excessifs ou gros buveurs estimés à une population de 4 à 5 millions de personnes.

L'alcool tue, dans notre pays, 50 000 personnes par an dont 16 000 par cancer. Sur les routes, il est responsable de 4 000 morts et de 130 000 blessés par an (plus de 30 % des conducteurs responsables d'un accident mortel ont une alcoolémie positive, supérieure à 0,50 g/l) et est à l'origine de 60 % des actes de criminalité.

L'alcool ingéré passe très vite dans le sang pour être distribué à tous les organes. Le foie aura pour mission d'en éliminer les 90 %, le reste étant pris en charge par les trois autres émonctoires : les reins, les poumons et la peau. Ce travail d'épuration est lent : 0,15 g/heure !

Il agit immédiatement sur les centres cérébraux supérieurs de l'humeur, de la perception, de la pensée et de l'anxiété, ce qui entraîne rapidement un effet euphorisant, anesthésique, antidépresseur et anxiolytique. L'augmentation des doses déclenche peu à peu un état de somnolence avec perte des réflexes et du contrôle de soi, rétrécissement du champ visuel, tremblements, perte de mémoire et risque de coma mortel.

Sur les autres organes, l'alcool est un poison lent. Il attaque peu à peu : le foie où il déclenche fibrose, cirrhose et cancer ; le pancréas où il provoque des pancréatites souvent mortelles ; la bouche, la gorge et l'œsophage où il induit, souvent en association avec le tabac, des cancers graves ; et le système cardio-vasculaire où sa toxicité pour le muscle cardiaque et sa capacité d'aggraver l'hypertension entraînent des désordres irréversibles.

Dans ce contexte de poly-pathologie, le foie qui est le laboratoire métabolique du corps est une cible privilégiée ; le système immunitaire dont il dépend en partie est alors sévèrement désorganisé et la sensibilité aux agressions microbiennes très augmentée.

Le coût social de l'alcoolisme est colossal, estimé à 5 à 6 % du produit national brut de la France, soit plus de 16 milliards d'euros.

L'alcoolisme chronique est donc une véritable maladie avec dépendance vis-à-vis de la drogue, une toxicomanie qui nécessite toujours une aide médicale et psychologique et un traitement de terrain pour espérer arriver au sevrage définitif.

Le tabac

Le tabac est un fléau mondial pour la santé. Chaque année, 2 à 3 millions de personnes dans le monde y succombent.

Pour la France seule, 60 000 personnes chaque année (soit plus d'1 décès sur 9), soit l'équivalent de 15 000 voitures chargées de 4 personnes qui s'écraseraient les unes contre les autres sur nos routes. Si on projette en fonction de la progression du tabagisme (surtout dans la jeunesse), on arrive au chiffre monstrueux de 160 000 décès pour l'an 2 025 ! D'ici à l'an 2020, tout proche, 500 millions de personnes seront tuées par le tabagisme ! Il coûte des fortunes à la Santé publique. Aucun conflit armé dans l'histoire n'a jamais fait autant de victimes.

Concernant l'espérance de vie, on a pu évaluer que chaque cigarette représente une réduction de vie équivalente au temps qu'il faut pour la fumer (environ 6 minutes), soit 2 heures par jour pour une consommation d'1 paquet par jour.

Les produits toxiques contenus dans la fumée de cigarette sont très nombreux. Les trois principaux sont : la nicotine, le monoxyde de carbone (CO) et le benzopyrène (cancérigène).

La nicotine crée une accoutumance telle que le sevrage sera très difficile après un certain nombre d'années de tabagisme. En effet, cette drogue atteint le cerveau en 7 secondes après l'inhalation de la fumée et provoque des effets variables selon les individus : augmentation de la vigilance et de la concentration intellectuelle ou effet tranquillisant et anxiolytique. Ce sont ces effets que le fumeur intègre psychiquement comme bénéfiques et qu'il va par la suite rechercher à son insu. Très vite, il lui faudra sa « dose » de nicotine pour retrouver l'état de « bien-être » antérieur.

Le monoxyde de carbone (CO) a des conséquences désastreuses sur l'organisme puisqu'il se fixe de façon préférentielle sur l'hémoglobine de nos globules rouges, prenant ainsi la place de l'oxygène. Il diminue alors de 15 à 20 % le taux d'oxygène en circulation ! Un fumeur qui consomme un paquet par jour a alors une oxygénation équivalente à celle d'un non-fumeur se promenant à 2000 mètres d'altitude où l'oxygène est rare. Cette carence est évidemment dommageable pour toutes les cellules et tous les organes, singulièrement pour les cellules du système immunitaire dont la majorité circulent dans le sang et qui sont avides d'oxygène pour assumer leurs fonctions (cf. la phagocytose page 82).

Le benzopyrène n'est que le chef de file de 500 substances cancérigènes présentes dans la fumée de tabac. Il en résulte que celui-ci est responsable de 90 % des cancers du poumon, de 65 % des cancers O.R.L. (nez, gorge, oreilles, bouche, pharynx, sinus), de 40 % des cancers de la vessie, de 85 % des artérites (qui est 38 fois plus fréquente chez les grands fumeurs que chez les non-fumeurs) et de 35 % des infarctus du myocarde (la proportion passe à 75 % avant l'âge de 40 ans).

Parmi les nombreuses autres pathologies induites, il faut citer les bronchites chroniques qui frappent tous les fumeurs après 50 ans et sont particulièrement invalidantes. En l'absence de sevrage particulièrement difficile à cet âge, il est habituel de devoir prescrire six mois d'antibiothérapie par an d'octobre à avril à ces sujets dont les défenses immunitaires sont devenues incapables d'éliminer les microbes.

ALIMENTATION ET DÉFENSES IMMUNITAIRES

On observe souvent chez les gens qui prennent du poids une propension plus grande à faire des infections. Un régime intelligent avec perte régulière de poids est donc la première mesure à prendre en cas de tendance aux rhumes, aux angines et aux rhino-pharyngites.

Un régime équilibré

Un régime est donc nécessaire, dont les grandes lignes directrices sont simples.

Sur le plan du choix des différents nutriments classés en trois groupes, les sucres, les graisses et les protéines :

- 55 % de la ration doivent être apportés sous forme de sucres dits « lents » (à absorption lente dans le tube digestif) type pain, féculents, pâtes alimentaires, riz complet qui apporteront en même temps des fibres.
- 30 % de la ration seront apportés sous forme de graisses avec la répartition suivante : 50 % de graisses mono-insaturées (type huile d'olive) ; 25 % de graisses saturées (type viande et laitages) ; 25 % de graisses poly-insaturées (poissons, huiles végétales).
- 15 % de la ration seront apportés sous forme de protéines (poissons, viandes maigres, fromages).

Sur le plan qualitatif du choix des aliments :

- Manger peu de viande en privilégiant les volailles (sans la peau), le lapin et le porc.
- Manger du poisson 3 fois par semaine en privilégiant les

poissons gras (à peau bleue : maquereau, hareng, anchois, anguille, thon, saumon, sardines...).

- L'apport quotidien de cholestérol doit être inférieur à 300 mg (attention, 1 jaune d'œuf apporte 300 mg !).
- Consommer des légumes verts à volonté et des fruits en fonction de leur apport en sucres. Ils contiennent de grandes quantités de produits antioxydants indispensables pour lutter contre les radicaux libres qui participent aux maladies cardio-vasculaires.
- Les légumineuses (haricots secs, petits pois, lentilles, pois chiches) sont une excellente source de sucres lents.
- Le vin est autorisé mais il ne faut pas dépasser une demi-bouteille par jour.
- Les sucres rapides (sucre blanc, gâteaux, chocolat, boissons gazeuses, Coca-cola) peuvent être éliminés sans risques.

Ce régime fait l'objet d'un consensus général. Il doit être respecté dans ses grandes lignes en insistant sur les fruits qu'il serait sans doute préférable de consommer avant les repas, et sur les légumes. Ainsi, pour certains médecins, manger une pomme par jour serait presque signer un contrat de longue vie comme le rappelle le proverbe anglais : « an apple a day keeps the doctor away » (une pomme par jour éloigne le médecin). En effet, il est désormais démontré que les pommes ont un extraordinaire pouvoir antioxydant. De plus, elles ne contiennent aucune trace de cholestérol.

Rôle de l'intestin

L'intestin est le siège de la digestion et de l'assimilation des aliments. Ses muqueuses, dont la surface développée est colossale (cf. page 81), sont le siège d'une intense activité immunitaire au point qu'on peut dire qu'il est le premier organe immunitaire de l'organisme. Il contient une population énorme de micro-organismes organisés en niches où s'installent des états d'équilibre. Cette flore microbienne est normalement complexe et stable. On compte, dans le gros intestin, 10^{12} bactéries par gramme de contenu avec 50 genres et plusieurs centaines d'espèces différentes. Les genres les mieux représentés sont ceux de la flore dominante avec les bactéroïdes, le *Lactobacillus* et le *Bifidobacterium*. Ce dernier constitue jusqu'à 25 % de la population normale de l'intestin humain. Certaines de ces bactéries sont utilisées dans l'industrie des produits fermentés du lait et, à partir de l'utilisation de ces produits, de nombreuses observations ont confirmé leur intérêt dans le bon fonctionnement de l'intestin et dans leur implication positive dans l'état de santé.

Un des meilleurs moyens d'améliorer le fonctionnement de cet organe est donc d'utiliser ce qu'on appelle aujourd'hui les probiotiques et les prébiotiques.

Les probiotiques sont des compléments alimentaires microbiens vivants qui exercent une action bénéfique sur l'hôte en améliorant son équilibre microbien intestinal et sa santé en général.

Les prébiotiques sont des ingrédients alimentaires non digestibles qui exercent une action bénéfique sur la santé en stimulant sélectivement la croissance et l'activité métabolique d'une ou d'un nombre limité de bactéries de l'intestin.

La plupart des probiotiques vendus dans le commerce sont constitués de souches de lactobacilles et de bifidobactéries dont les effets positifs observés sont les suivants : inhibition de la croissance des bactéries pathogènes, diminution du taux du cholestérol sanguin, stimulation de la réponse immunitaire, effet anticancérigène, restauration d'une flore normale après altération, notamment à la suite de traitement antibiotique. Cependant, ces souches ne s'implantent pas dans l'intestin où leur survie varie de deux à vingt jours. Il est donc nécessaire d'en réingérer régulièrement.

L'effet des prébiotiques tels que les fructo-oligosaccharides (FOS) de végétaux consiste à soutenir l'activité et le développement de certaines bactéries bénéfiques, naturellement présentes dans l'intestin, qui les utilisent comme aliments et se trouvent donc favorisées dans l'écosystème.

L'association de probiotiques et de prébiotiques dans le même flacon constitue un mélange appelé « symbiotique » qui favorise la survie et l'implantation des souches probiotiques tout en stimulant la multiplication des souches naturelles.

Tous ces produits vendus par les plus grandes chaînes alimentaires contribuent à stimuler les défenses immunitaires intestinales, à les équilibrer et donc à nous munir de moyens vigilants et efficaces pour lutter contre les maladies infectieuses.

LA PHYTOTHÉRAPIE

Source de toutes les médecines

La phytothérapie est la plus ancienne médecine employée dans le monde et reste la plus fréquemment utilisée.

Méthode de traitement qui utilise exclusivement des plantes ou des parties de plantes sous diverses formes, elle est souvent confondue avec l'homéopathie (cf. page 109) qui emploie des remèdes en provenance des trois règnes, animal, végétal et minéral.

Les médicaments phytothérapiques sont utilisés selon des règles proches de celles de l'allopathie, notamment en ce qui concerne le principe des contraires, c'est-à-dire l'utilisation des propriétés naturelles d'une plante capable de lutter par exemple contre une inflammation, une infection, une douleur, un trouble du sommeil, et en ce qui concerne l'emploi à doses pondérables. Il faut d'ailleurs noter que de nombreuses plantes utilisées à dose homéopathique ont des effets différents de ceux observés à doses pondérables en phytothérapie.

Cette technique thérapeutique est souvent efficace et pourrait remplacer avantageusement un grand nombre de prescriptions de remèdes chimiques. Elle est facile d'accès pour l'automédication et présente peu de danger lorsqu'on se cantonne dans l'emploi des tisanes.

Le remède

Le remède, c'est la plante ou une partie de la plante.

Mais comment s'y retrouver dans les différentes préparations proposées sous les noms parfois savants des différentes formes que prennent les remèdes ? Tisanes, infusions, décoctions, extraits alcooliques, nébulisat, poudre, huiles essentielles sont autant de mots qu'il faut définir.

L'idéal serait d'utiliser la plante fraîche. C'est ce qui est réalisé lorsque nous laissons tremper dans de l'eau bouillante quelques feuilles de menthe cueillies dans le jardin.

Pour des raisons d'éloignement ou de conservation, nous utilisons plus souvent la plante sèche. À partir de celle-ci, on dispose de trois modes d'utilisation pour faire des tisanes à l'aide d'eau qui sert de solvant.

La macération consiste à laisser la plante au contact de l'eau froide pendant quelques heures. Ce procédé est utilisé pour les plantes qui contiennent des principes actifs fragiles.

L'infusion consiste à verser de l'eau bouillante sur les plantes dans un récipient fermé par la suite. On filtre après un contact de 10 à 15 minutes. Ce procédé est utilisé pour les parties tendres des plantes pour lesquelles l'extraction des principes actifs est facile : feuilles, fleurs, semences.

La décoction consiste à faire bouillir la plante dans l'eau pendant 5 à 20 minutes. On filtre le liquide obtenu. Ce procédé est employé pour les parties dures des plantes pour lesquelles l'extraction des principes actifs est difficile : bois, écorce, tiges et racines.

Après broyage, la plante sèche peut être présentée sous forme de poudre dans des gélules ou dans des comprimés. Elles peuvent être titrées en principe actif.

À partir de la plante sèche, on peut faire des extraits, qui sont définis comme des préparations obtenues en concentrant, jusqu'à un degré déterminé, les solutés résultant d'un traitement extractif exercé sur des drogues végétales pulvérisées sèches, par un solvant approprié tel que l'eau, l'alcool, l'éther.

Les extraits fluides sont des préparations liquides concentrées à partir du solvant contenant les principes actifs.

Les extraits secs *stricto sensu* sont obtenus par dessiccation complète du solvant contenant les principes actifs.

Les nébulisats sont obtenus par dispersion en fines gouttelettes du solvant contenant les principes actifs dans un courant d'air très chaud pendant un temps très bref (quelques secondes). Le solvant s'évapore et on récupère le concentré de plante sous une forme pulvérulente.

Les teintures officinales s'obtiennent par macération prolongée de la plante sèche dans l'alcool. Au bout de quelques mois, on filtre et on obtient une teinture-mère qui peut être diluée pour son utilisation.

Les huiles essentielles (HE) sont des substances généralement odoriférantes contenues dans des végétaux dont on peut les extraire par différentes méthodes. Il s'agit d'huiles volatiles qui sont parfois différentes des principes actifs de la plante.

Originalité de la méthode

L'originalité de cette méthode tient au fait qu'une plante ou, a fortiori, un extrait de plante contient toujours un ensemble de principes actifs qui agissent en synergie. Il s'agit donc d'une différence fondamentale avec l'allopathie classique qui n'apporte qu'un seul principe actif purifié prévu pour atteindre une cible unique.

La pratique de la phytothérapie est née avec l'homme qui, par tâtonnements, a peu à peu sélectionné, à côté de son alimentation, les végétaux capables de soigner ses maux les plus courants. Elle a, pendant des millénaires, été la seule médecine efficace et a certainement sauvé la vie de bien des humains. Tombée en désuétude durant le XXe siècle sous la poussée de l'allopathie triomphante, elle revient au premier plan car de nombreuses études scientifiques lui donnent une nouvelle jeunesse.

Elle apparaît comme une autre forme d'alimentation comme l'évoquait Hippocrate (cf. plus haut), une alimentation de « régulation » où le respect du « totum » de la plante (on utilise soit toute la plante, soit une partie mais avec tous ses composants), bien qu'il n'ait pas encore livré tous ses mystères, permet d'obtenir des effets remarquables. Son action s'exerce par une régulation profonde et progressive des grands métabolismes. Elle est ainsi très proche des recherches scientifiques les plus récentes.

La phytothérapie revient donc très à la mode dans le grand public également, d'autant plus appréciée qu'elle apporte une réponse aux réticences induites par les effets secondaires des médicaments allopathiques chimiques. Les tisanes de plantes sont de plus en plus utilisées. L'automédication reste cependant assez délicate lorsqu'on utilise les extraits de plantes tels que les huiles essentielles (aromathérapie).

Elle est très indiquée dans les maladies semi-chroniques ou chroniques : fatigue générale, constipation, bronchites chroniques, infections à répétition, allergies chroniques, troubles digestifs, diarrhées chroniques, asthme chronique, troubles de la croissance, maladies dégénératives (diabète, maladies cardio-vasculaires), nervosité, anxiété, insomnies…

Les travaux contemporains lui attribuent de plus en plus d'importance dans la régulation et l'évolution du système immunitaire.

L'HOMÉOPATHIE

Un nouveau concept vieux de deux cents ans

Inventée par un médecin allemand, le Dr Samuel Hahnemann, il y a deux cents ans, l'homéopathie est à la fois une méthode thérapeutique et une conception différente de la relation au malade.

La méthode s'appuie sur la loi de similitude qui exprime une ressemblance plus ou moins forte entre les symptômes observés chez un malade et les symptômes obtenus lors de l'expérimentation d'un produit sur une personne en bonne santé, et qui postule que ce produit, utilisé à doses très faibles, sera actif sur les symptômes du malade. Le choix du remède est donc fait en fonction de cette similitude.

La relation au malade implique de le considérer comme une personne, dans sa totalité, en explorant tous les symptômes physiques, fonctionnels et psychiques, ainsi que les modalités de ces symptômes et l'histoire complète du sujet.

La méthode thérapeutique

Elle peut s'exprimer en règles simples appuyées sur un exemple.

Première règle : toute substance active sur le fonctionnement du corps humain provoque chez un individu sain et sensible un ensemble de symptômes caractéristiques de cette substance.

Exemple : le mercure pris à très petites doses déclenche une angine caractéristique. La gorge devient rouge avec des points blancs et douloureuse. La déglutition est difficile, la langue chargée, l'haleine fétide. La salive est plus épaisse. La fièvre atteint peu à peu 38,5° ou 39°. En deux à trois jours, des ganglions apparaissent progressivement le long du cou et sous la mâchoire inférieure. L'état général est altéré.

Deuxième règle : tout individu malade présente un ensemble de symptômes caractéristiques de sa maladie.

Exemple : à l'occasion d'un week-end sur les pistes, alors que vous étiez en sueur, exposé à un vent froid, en fin d'après-midi, vous avez ressenti un léger malaise. De retour à votre hôtel, vous avez senti que la fièvre était en train de s'installer ainsi qu'un léger mal de gorge. Au dîner, vous aviez perdu l'appétit et la douleur rendait la déglutition difficile. Vous n'avez presque rien mangé. À l'examen, votre gorge, dans la glace, est rouge foncé avec de petits point blancs disséminés. Le lendemain matin, les symptômes ont empiré, la fièvre est à 39°, votre langue est très chargée et vous avez mauvaise haleine. Sur le côté gauche de votre cou, une petite boursouflure sensible témoigne de la présence d'un ganglion. Vous vous sentez courbatu et fatigué.

Conséquence : la guérison, démontrée par la disparition de l'ensemble des symptômes, peut être obtenue par la prescription, à doses faibles ou infinitésimales, de la substance dont les symptômes expérimentaux chez l'individu sain sont semblables à ceux du malade. Ainsi, MERCURIUS SOLUBILIS 7 CH doit améliorer ou guérir le patient ci-dessus.

Définition de l'homéopathie

L'homéopathie est donc une méthode thérapeutique qui consiste à donner à un individu malade, à doses faibles ou infinitésimales, la substance qui provoque chez une personne en bonne santé les symptômes semblables à ceux du malade.

Ainsi, un sujet présentant les symptômes décrits dans la deuxième règle sera justiciable de la prescription du remède

MERCURIUS SOLUBILIS fabriqué par dilutions successives de mercure.

On voit que la recherche du remède utile procède d'une démarche simple : la comparaison de la grille des effets du remède sur un individu sain et de la grille des symptômes d'un individu malade. Si les deux grilles sont semblables ou proches, le remède est indiqué et utilisable pour traiter le sujet malade.

La matière médicale

On comprend, en lisant la définition de l'homéopathie, que de nombreux produits ont dû être testés sur des sujets en bonne santé pour pouvoir confronter les symptômes obtenus à ceux observés chez les différents malades que les médecins sont conduits à soigner. Hahnemann a lui-même expérimenté, à l'aide de ses amis, quatre-vingt-seize substances pour lesquelles il a observé et consigné par écrit tous les symptômes.

Les élèves d'Hahnemann et tous les médecins qui ont continué, dans le monde entier, à établir cette nouvelle pratique médicale ont aussi expérimenté de nombreuses substances. L'ensemble de ces observations effectuées sur plus de mille produits est rassemblé dans des livres sous le titre *Matière médicale homéopathique.* Ces livres représentent pour les médecins homéopathes une sorte de bible dans laquelle ils prélèvent leur connaissance des remèdes.

Pour le grand public, il existe des matières médicales simplifiées qui permettent une automédication intelligente pour toute personne de bonne volonté qui s'intéresse à sa santé (cf. Bibliographie).

Fabrication du remède

Les souches utilisées

Contrairement à une idée reçue trop répandue, l'homéopathie n'est pas la médecine par les plantes. Celle-ci s'appelle la phytothérapie. L'homéopathie utilise, pour l'obtention de ses remèdes, des produits en provenance du monde minéral, du monde végétal et du monde animal.

Ainsi les médicaments CUPRUM, ARGENTUM NITRICUM, MERCURIUS ou NATRUM MURIATICUM sont respectivement fabriqués à partir du cuivre, du nitrate d'argent, du mercure et du chlorure de sodium (le sel de cuisine), produits du monde minéral.

De même, LYCOPODIUM, NUX VOMICA, THUYA ou CHAMOMILLA sont fabriqués respectivement à partir des spores sèches d'une plante appelée « pied-de-loup », de la noix d'un petit arbre de la famille des loganiacées, des rameaux feuillés d'un arbre de la famille des conifères, le thuya, et de la plante entière fleurie appelée matricaire ou camomille allemande, produits d'origine végétale.

Enfin, APIS MELLIFICA, BLATTA ORIENTALIS ou LACHESIS sont fabriqués respectivement à partir de l'abeille entière, de la blatte et du venin du serpent *Lachesis mutus*, produits d'origine animale.

Les principes actifs des produits animaux et végétaux sont extraits par action de l'alcool pendant plusieurs semaines. Le résultat est l'obtention d'une « teinture-mère » qui servira à fabriquer les différentes dilutions des remèdes.

Les produits minéraux sont considérés comme principes actifs et seront dilués dans un mélange eau-alcool.

Les dilutions successives

Les remèdes homéopathiques sont utilisés très dilués. L'obtention des différentes dilutions découle d'une pratique simple. À partir des premières solutions, on effectue des dilutions successives au 1/100e. Cela signifie, en pratique, que l'on met 1 millilitre de la teinture-mère dans 99 millilitres d'eau pour obtenir la première dilution au 1/100e. Il faut prendre 1 millilitre de cette première dilution et le mettre dans 99 millilitres d'eau contenus dans un autre flacon, pour obtenir la deuxième dilution au 1/100e. Et ainsi de suite. Pour chacune de ces dilutions, on parle de CH, ce qui veut dire « Centième Hahnemannienne ». Ainsi ARNICA 5 CH veut dire qu'à partir de la teinture-mère d'arnica, on a dilué cinq fois au 1/100e, utilisant chaque fois un flacon différent.

Il existe également des dilutions au 1/10e que l'on nomme DH, ce qui veut dire « Dixième Hahnemannienne » ou simplement X (le chiffre romain dix). Ainsi BELLADONNA 4 DH ou 4 X veut dire qu'à partir de la teinture-mère de belladonne, on a dilué 4 fois au dixième en utilisant chaque fois un flacon différent.

Les différentes dilutions serviront à fabriquer le remède homéopathique.

Le remède homéopathique

Il peut être obtenu sous toutes les formes galéniques existantes : comprimés, gélules, granules, globules, gouttes, suppositoires, solutés injectables. Cependant, en France, les deux formes les plus vendues sont les granules et les globules.

Les granules sont de petites sphères de saccharose et de lactose de 50 milligrammes environ. Ils sont imprégnés à cœur à l'aide des différentes dilutions et délivrés en tubes de 75 granules environ.

Les globules sont de petites sphères de saccharose et de lactose de 3 à 5 milligrammes environ. Ils sont imprégnés à cœur à l'aide des différentes dilutions et délivrés en petits tubes-doses contenant 1 gramme de globules environ.

Posologie

Les règles de posologie en homéopathie sont simples et faciles à comprendre. Trois points sont à considérer : le choix de la dilution, le rythme de répétition des prises, la forme et la quantité de remède à utiliser.

LE CHOIX DE LA DILUTION

Le problème semble extrêmement complexe au profane car il existe, de la première à la dernière autorisée en France, trente dilutions centésimales et autant de dilutions décimales intermédiaires, ce qui fait soixante possibilités pour chaque remède ! Cependant, tout devient simple si l'on respecte deux règles : oublier l'arithmétique et raisonner en terme de similitude.

Oublier l'arithmétique veut dire qu'une dilution 5 CH n'est pas trois fois moins forte qu'un 15 CH et que remplacer 3 granules d'une 5 CH par 9 granules d'une 15 CH ne correspond à rien.

Il faut, en revanche, raisonner en terme de niveau de similitude, ce qui veut dire que la dilution à utiliser sera d'autant plus haute que la similitude sera plus grande et étendue à plusieurs zones de l'organisme. Ainsi, si la similitude ne porte que sur des symptômes locaux (la gorge par exemple), on utilisera une dilution basse (4 à 7 CH) ; si la similitude est étendue à des symptômes régionaux (le cou avec des ganglions par exemple), on utilisera des dilutions moyennes (9 et 12 CH) ; si la similitude est généralisée à tout le corps (fièvre et agitation par exemple), on utilisera de hautes dilutions (15 ou 30 CH).

LA RÉPÉTITION DES PRISES

Tout se passe en homéopathie comme si la durée d'efficacité du médicament était inversement proportionnelle au degré d'acuité du symptôme. Ainsi, pour reprendre le cas de l'angine décrite plus haut, MERCURIUS SOLUBLILIS 7 CH sera très actif si le sujet malade prend 1 granule tous les quarts d'heure pendant plusieurs heures. L'espacement des prises se fera progressivement en fonction de l'amélioration.

En revanche, en présence de symptômes chroniques, installés depuis longtemps, le remède sera pris à raison de 3 granules tous les soirs ou d'1 dose-globule par semaine. Ainsi, pour traiter des cystites très douloureuses à répétition, on prescrira, pendant les périodes sans symptômes, 1 dose de SILICEA 15 CH chaque semaine et 1 granule de CANTHARIS 5 CH et MERCURIUS SOLUBLILIS 5 CH tous les soirs. Mais ces deux derniers remèdes seront prescrits tous les quarts d'heure en cas de reprise de la crise aiguë.

La forme et la quantité du remède

La présentation sous forme de granules et de doses-globules est spécifique à la France. Dans la plupart des autres pays, le remède homéopathique se présente sous forme de petits comprimés.

Concernant la quantité de remède à prendre, la situation est paradoxale. En effet, l'efficacité du traitement n'est pas proportionnelle à la quantité de granules, de globules ou de comprimés ingérés. Il est donc raisonnable de prendre 1 granule ou 1 comprimé à chaque prise. Pour les doses-globules, l'usage a prévalu d'en prendre une entière à la fois. Mais il est certain qu'il est possible d'en prendre moins avec les mêmes résultats.

Comment agit l'homéopathie ?

Le mode d'action de l'homéopathie a fait couler beaucoup d'encre, beaucoup plus sur le plan polémique que sur le plan scientifique ! Concernant les mécanismes intimes, moléculaires, on sait peu de chose. Cependant, les remarquables travaux du Pr Jacques Benveniste ont bien montré que tout se passe comme s'il s'agissait d'ondes électromagnétiques capables de se transmettre de dilution en dilution et spécifiquement actives sur certains métabolismes des cellules de l'organisme. Cette notion, vulgarisée dans l'expression « mémoire de l'eau », est toujours controversée malgré les preuves expérimentales qui s'accumulent. Mais elle ouvre un formidable champ d'investigation pour comprendre les supports et les voies de circulation de l'information entre les cellules et fait, à coup sûr, de l'homéopathie une médecine d'avenir.

Sur le plan clinique, les médecins adeptes de l'homéopathie disent souvent qu'elle agit en renforçant le « terrain ». Il semble bien qu'on puisse aujourd'hui substituer au mot « terrain » l'expression « défenses immunitaires » (cf. page 79). On voit alors tout le bénéfice que l'on peut retirer d'une telle pratique dans le cadre des maladies infectieuses. De fait, toute personne honnête ne peut que constater les étonnants résultats obtenus avec les remèdes homéopathiques dans de nombreuses infections aussi bien chroniques qu'aiguës.

Avec les remèdes homéopathiques, ce ne sont plus les bactéries qui sont visées car ils n'ont aucune activité antibiotique, mais c'est le jeu complexe des défenses humorales et cellulaires qui fait l'objet de régulations très fines. On peut dire, pour reprendre l'image du Pr Michel Fougereau, que le traitement homéopathique contribue à « mettre au monde » le système immunitaire de chacun d'entre nous en faisant du neuf avec du vieux chaque jour. Cela explique sans doute l'intérêt de prescrire les remèdes de terrain correspondant au type humain de chaque personne, même en dehors des épisodes de maladies. Le produit homéopathique apparaît alors comme un véritable harmonisateur de nos systèmes biologique et psychique.

Place de l'homéopathie

L'homéopathie est, en France, la reine des médecines alternatives avec un grand nombre de praticiens extrêmement compétents (plusieurs milliers) et une population qui s'y intéresse pour plus de 45 %. L'automédication est facilitée par de nombreux livres de vulgarisation (cf. les livres d'homéopathie de l'auteur dans la bibliographie) et, lorsqu'elle suit leurs indications et contre-indications, elle est absolument sans danger. La plupart des maladies aiguës ou chroniques sont améliorées par ses remèdes et singulièrement les maladies infectieuses.

Contrairement à certaines affirmations erronées, elle peut être associée ou utilisée alternativement aussi bien avec l'allopathie qu'avec d'autres modalités thérapeutiques, comme la phytothérapie, l'acuponcture ou la nutrithérapie. Il faut ajouter, enfin, qu'elle est utilisable à tout âge, depuis le très jeune nourrisson jusqu'aux personnes très âgées, et qu'elle n'entraîne jamais aucun effet secondaire indésirable.

Dès lors, on comprend mal pourquoi une partie du corps médical n'accepte pas d'en faire l'essai. Cela modifierait certainement sa conception de la relation médicale et de la maladie, et permettrait de faire de grosses économies dans le budget de la Sécurité sociale.

Une médecine pour demain

Après deux siècles d'existence, de développement et de controverses, l'homéopathie reste d'une étonnante modernité.

Au contraire de l'allopathie qui s'essouffle dans sa conception réductrice de la « cible thérapeutique unique », qui consiste à utiliser des drogues chimiques pour essayer de bloquer un seul mécanisme cellulaire impliqué dans une maladie (anti-inflammatoire, anti-hypertenseur, antimigraineux), l'homéopathie continue de clamer qu'il faut considérer la personne comme une globalité et propose des remèdes de régulation et d'harmonisation.

Au contraire des médicaments allopathiques fabriqués en fonction d'un mécanisme d'action prévu, les remèdes homéopathiques élaborés et prescrits selon une loi de similitude empirique (cf. page 109) posent une énigme à la science contemporaine qui n'est pas assez avancée dans la connaissance des circuits d'informations intra- et extracellulaires pour proposer une explication cohérente à leurs étonnantes performances.

Plébiscitée par les résultats qu'elle obtient et réclamée par un public de plus en plus soucieux de se soigner par des méthodes non agressives qui considèrent la personne humaine comme une unité, l'homéopathie entre donc en même temps dans le champ du futur de la science. Tous ses détracteurs, cramponnés à une conception « scientiste » du vivant, apparaissent alors comme porteurs de valeurs désuètes, à contre-courant de ce grand mouvement qui réunit les différentes branches de la science dans des recherches pluridisciplinaires.

À n'en pas douter, l'homéopathie jouera un rôle majeur dans la médecine de demain.

LES MICRONUTRIMENTS

Une énigme biologique

QUE SONT LES MICRONUTRIMENTS ?

Il s'agit d'ions ou de molécules, tous présents en très petite quantité pondérale dans chaque cellule et dans les liquides de l'organisme où ils assument des fonctions absolument indispensables au maintien de la vie. Ils ne sont utilisés ni comme matériau énergétique ni comme matériau de construction. Ils jouent des rôles de catalyseurs de réaction et d'antioxydants.

On les regroupe en trois familles : les oligo-éléments, les vitamines et les antioxydants.

Les **oligo-éléments** considérés comme essentiels sont les suivants : aluminium, antimoine, arsenic, bore, chrome, cobalt, cuivre, étain, fer, fluor, iode, lithium, magnésium, manganèse, molybdène, nickel, rubidium, sélénium, silicium, vanadium et zinc.

Les **vitamines** essentielles se divisent en : vitamines liposolubles parce qu'on les trouve essentiellement dans les aliments gras, à savoir les vitamines A, D, E, K, et vitamines hydrosolubles parce qu'on les trouve surtout dans les aliments aqueux (viandes, poissons, légumes), à savoir vitamine C et toutes celles du groupe B (B1, B2, B3, B5, B6, B9, B12), acide folique et biotine.

Les **antioxydants** sont presque tous des flavonoïdes qui appartiennent à la vaste famille chimique des polyphénols et constituent la plupart des pigments des légumes et des fruits. Leurs propriétés antioxydantes remarquables les rendent indispensables pour lutter contre les radicaux libres générés par nos cellules et pourraient rendre compte de leurs effets protecteurs vis-à-vis, notamment, des maladies cardiovasculaires et des cancers.

On classe également parmi les micronutriments certains **acides gras** indispensables à la vie cellulaire et certains **acides aminés** que l'organisme humain ne sait pas synthétiser.

Tous ces micronutriments sont présents dans toutes les cellules vivantes, donc dans les aliments consommés chaque jour. Cependant, des régimes déséquilibrés peuvent entraîner des subcarences ou des troubles de leur fonctionnement. C'est pourquoi de nombreuses préparations proposent désormais ces produits, notamment en association, en vente libre en pharmacie ou dans les magasins de diététique. Des laboratoires sérieux et spécialisés comme l'Institut de Diffusion des Oligo-éléments (I.D.O. Laboratoire) mettent au point des spécialités efficaces pour la régulation de tous nos organes.

L'ÉNIGME

Le rôle des micronutriments est de participer au bon déroulement de la plupart des milliards de réactions chimiques qui se produisent à chaque seconde dans chacune des cellules de notre corps.

On sait qu'ils interviennent comme des catalyseurs enzymatiques et des régulateurs, ce qui signifie qu'ils permettent l'accomplissement des réactions et qu'ils peuvent servir de nouveau pour une autre réaction car ils ne sont ni consommés ni détruits dans l'opération. Ainsi, l'organisme n'a besoin que de très petites quantités quotidiennes de ces micronutriments.

Pour prendre un exemple, le molybdène, métal rare et peu connu du grand public (il sert surtout à la fabrication d'outils spéciaux pour la métallurgie), est présent à raison de 5 milligrammes chez une personne de 70 kg ! Mais cette très faible quantité est indispensable pour le métabolisme des acides nucléiques (ADN et ARN) dont le rôle, dans le maintien et l'utilisation de l'information par la cellule, est crucial.

On peut dire que 5 mg de molybdène représentent une des clés de voûte de cet édifice complexe qu'est un être vivant.

L'énigme posée au monde scientifique réside dans la façon dont ces très petites quantités peuvent être, à chaque seconde, parfaitement utilisables dans chaque cellule. En effet, les biologistes n'ont aucune explication pour rendre compte de cette extraordinaire disponibilité qui permet à un ion cuivre, zinc, sélénium ou manganèse ou à une molécule de vitamine C ou E, d'être présent au bon moment sur la bonne enzyme pour assurer une réaction biochimique et redevenir immédiatement disponible pour la réaction suivante.

Micronutriments et radicaux libres

LES RADICAUX LIBRES

Un radical libre est une espèce chimique neutre ou chargée qui possède un électron célibataire (ou libre) sur sa couche périphérique. Le nombre total d'électrons d'un radical libre est donc impair.

Exemple : l'atome d'hydrogène H° est un radical libre. De même le radical hydroxyle OH°.

Cette définition très exacte mais un peu sèche, qui fait appel à des notions précises de chimie-physique, ne doit pas être un obstacle pour faire comprendre le rôle majeur des radicaux libres. Bien au contraire, elle permet de mieux imaginer le potentiel étonnant de ceux-ci dans la vie cellulaire.

En effet, il faut savoir que les électrons qui constituent les couches périphériques des atomes constitutifs de toute matière ne vivent bien, en équilibre, que par paires. L'électron libre confère donc au radical libre une grande instabilité aussi bien sur le plan énergétique que cinétique. Cela favorise donc considérablement, lors des mouvements qui agitent en permanence les milieux biologiques, le rapprochement avec les autres molécules, leurs collisions éventuelles et donc la vitesse des réactions qui est de l'ordre de 10^{-3} à 10^{-4} seconde.

Pour retrouver une meilleure stabilité, les radicaux libres vont donc tendre à éliminer cet électron célibataire. Pour cela, ils peuvent soit perdre un électron, soit en gagner un. Cette aptitude rend les radicaux libres très performants pour participer à certaines réactions, notamment à la respiration cellulaire, mais les rend potentiellement dangereux s'ils sortent du cadre d'action qui leur est dévolu.

Fonctions des radicaux libres

La production de radicaux libres est permanente au sein du vivant et l'essentiel de celle-ci est associé au métabolisme de l'oxygène et aux réactions d'oxydo-réduction.

La respiration cellulaire est la principale source d'énergie des cellules vivant en aérobie, c'est-à-dire en présence d'oxygène qu'elles savent utiliser. Elle s'accomplit dans de petits organites présents dans toutes les cellules par milliers d'exemplaires, les mitochondries, et comporte une réduction de l'oxygène qui s'effectue selon une cascade progressive de réactions pour aboutir à la production d'eau et de gaz carbonique.

Nous inspirons de l'oxygène et nous expirons de l'eau et du gaz carbonique après que nos milliards de cellules ont accompli ce cycle.

Au cours de ces réactions, ce sont les radicaux libres, produits en grande quantité, qui assurent cette transformation au cours de laquelle de l'énergie est prélevée aux molécules de notre alimentation et stockée pour être utilisée selon nos besoins. Mais il y a danger.

Le danger potentiel réside précisément dans ce grand nombre de radicaux libres qui peuvent se trouver en excès et risquent alors d'induire des réactions biochimiques inopportunes sur d'autres structures de la cellule, notamment les membranes, particulièrement sensibles à leur agression, et de provoquer des lésions qui peuvent parfois entraîner la mort cellulaire.

La phagocytose (cf. page 82), qui est l'un des mécanismes fondamentaux des défenses immunitaires non spécifiques lors des maladies infectieuses, fait également appel aux radicaux libres.

Elle est assurée par les globules blancs neutrophiles et les mastocytes qui consomment habituellement peu d'oxygène. Lorsqu'ils sont mis en présence d'un microbe, ils créent une invagination de leur membrane dans laquelle ils encerclent ce corps étranger à détruire, qui se retrouve alors à l'intérieur de la cellule, et ils accélèrent brutalement leur consommation d'oxygène. Il s'ensuit une production accrue de radicaux libres qui vont contribuer à la destruction du microbe mais qui peuvent aussi, du fait d'un mauvais contrôle, dégrader la cellule phagocytaire.

CONTRÔLE NATUREL DES RADICAUX LIBRES

Toutes les cellules sont pourvues d'un système de contrôle et de lutte contre les radicaux libres en excès. Celui-ci comporte plusieurs enzymes qui travaillent en étroite relation avec des micronutriments. Ainsi, on connaît le glutathion peroxydase qui a besoin du sélénium pour fonctionner, une superoxyde dismutase qui requiert le manganèse, une autre qui fait appel au cuivre, une catalase qui demande du fer. De même les vitamines C, A et E, le glutathion, l'albumine, la lactoferrine, la transferrine, la céruléoplasmine agissent comme capteurs des radicaux libres qu'ils neutralisent. On peut ajouter à cette liste de nombreux antioxydants contenus dans les pigments des légumes et des fruits, de la famille des flavonoïdes, notamment la quercétine qui assure grâce à l'alimentation, à notre insu, une régulation très efficace.

Micronutriments et homéopathie

La notion de très petites quantités indispensables nous rapproche des remèdes homéopathiques. De fait, beaucoup d'oligo-éléments font partie des remèdes homéopathiques. Ainsi, le cuivre prescrit sous la dénomination de CUPRUM en dilution homéopathique 5 CH (un dix milliardième de milligramme) est bien un remède homéopathique très utile dans le traitement des crampes. De même, le manganèse est prescrit sous la dénomination MANGANUM, le cobalt s'appelle COBALTUM et le zinc, ZINCUM.

Mais le cuivre prescrit à des doses de l'ordre de quelques milligrammes sous forme de gluconate de cuivre n'est pas un remède homéopathique. Il est cependant très utile comme anti-infectieux.

Les vitamines n'existent pas en dilution homéopathique mais peuvent cependant être prescrites sous forme d'isothérapiques à toutes les dilutions. Dans de nombreuses affections, prescrites à doses pondérables, elles participent à restaurer un équilibre métabolique altéré : c'est le cas de la vitamine E dans les maladies cardio-vasculaires et le diabète. Que ce soit en dilutions homéopathiques ou en doses de l'ordre du milligramme, les homéopathes, fréquemment, utilisent les micronutriments qui sont des médicaments très intéressants agissant en synergie avec leurs propres remèdes.

Tous les grands domaines de la santé sont concernés par les micronutriments et notamment les problèmes relatifs aux maladies infectieuses puisqu'ils participent activement à l'équilibre des défenses immunitaires.

Un rôle fondamental

Récemment (août 2001), une équipe américaine de chirurgiens cardiaques a publié dans *The Lancet* (revue de très haut niveau scientifique) les résultats d'un essai visant à tester l'impact d'une supplémentation en nutriments immunostimulants sur des patients qui devaient subir une intervention cardiaque à haut risque d'infections postopératoires.

Les deux critères de risques retenus étaient : soit avoir plus de soixante-dix ans, soit devoir bénéficier d'un remplacement valvulaire mitral (la valvule mitrale est celle qui sépare l'oreillette gauche du ventricule gauche).

L'essai a porté sur cinquante personnes réparties au hasard en deux groupes de vingt-cinq. Les patients recevaient pendant cinq jours, avant l'intervention, un placebo ou un mélange composé de L-Arginine (acide aminé essentiel), d'acides gras oméga-3 poly-insaturés et d'ARN de levures. Ces nutriments ont été très bien tolérés.

Les résultats ont montré, dans le groupe traité, une meilleure conservation des fonctions du rein et seulement 4 infections alors que le groupe placebo, outre des fonctions rénales plus altérées, présentait 12 infections.

Les auteurs en concluent que la voie est ouverte pour l'usage de « complexes nutritifs immunostimulants », à titre préventif, chez les opérés du cœur.

QUATRIÈME PARTIE

Renforcer ses défenses

Après avoir détaillé la situation cruciale où se trouve la thérapeutique officielle avec la montée de la résistance des bactéries vis-à-vis des antibiotiques, nous avons largement ouvert les grandes voies qui permettent d'aborder autrement les maladies infectieuses en présentant les comportements et les moyens efficaces pour renforcer nos défenses immunitaires et retrouver ainsi un certain optimisme dans notre lutte contre les microbes pathogènes.

Vingt-quatre situations concrètes très courantes sont exposées ci-dessous. Elles appréhendent les maladies sans distinguer les agents en cause, qu'il s'agisse de bactéries, de virus ou de champignons. En effet, à l'opposé des antibiotiques, les remèdes allopathiques modérés, phytothérapiques, nutritionnels ou homéopathiques, agissent sur l'ensemble de l'organisme et non pas spécifiquement sur le microbe. Toutes ces méthodes peuvent être associées. Chacun choisira, selon ses affinités, celles qui lui conviennent.

ACNÉ

Définition et causes

L'acné est une infection des glandes sébacées de la peau qui sécrètent, tout au long de la vie, un liquide (sébum) protecteur. Cette infection est corrélée avec l'augmentation de volume de celles-ci sous l'action des produits hormonaux fabriqués par l'organisme en plus grande quantité durant l'adolescence. On observe alors la formation de petits kystes fermés ou ouverts à la peau qui forment les « comédons ».

Fréquente à la puberté aussi bien chez le garçon que chez la fille, l'acné affecte, sur différents modes, 85 % des adolescents.

L'acné habituelle est localisée au visage, sur le front, les tempes, les joues et le menton. Dans les cas plus graves, on observe des lésions dans le dos et dans le cou, notamment lorsque la poussée perdure à l'âge adulte.

Les causes réelles qui prédisposent à l'acné sont inconnues. Elle semble avoir de solides racines héréditaires !

Cette affection, le plus souvent bénigne, survient à un âge très sensible à l'image du corps. Il est donc important de mettre en œuvre tous les moyens pouvant contribuer à modérer son évolution et permettant d'attendre sa disparition naturelle.

Contrairement à une notion très répandue, l'acné ne disparaît pas lors des premiers rapports sexuels.

Bien que liée à une infection, elle n'est pas contagieuse.

Traitement officiel

Les nettoyages de peau effectués par les dermatologues sont souvent efficaces et sans effets secondaires. Le praticien ouvre les microkystes et les comédons à l'aide d'un très petit bistouri, en extirpe le contenu et termine par l'application d'une compresse imbibée d'acide trichloracétique pour éviter une nouvelle formation kystique.

Les traitements locaux utilisent classiquement une solution de peroxyde de benzoyle à 5 % ou un dérivé de la vitamine A, l'acide rétinoïque (Aberel®, Locacid®).

Les mêmes dérivés de la vitamine A existent en traitement par voie orale (Roaccutane®). Lorsque l'infection est importante, le médecin prescrit souvent un antibiotique de la famille des tétracyclines.

Des produits hormonaux, notamment la pilule contraceptive, sont utilisés pour rétablir l'équilibre hormonal. Il faut cependant savoir que certaines pilules aggravent l'acné. Ce type de traitement doit être rigoureusement suivi par un médecin.

RENFORCER LES DÉFENSES

Hygiène

• L'adolescent acnéique doit faire sa toilette du visage avec un savon surgras enrichi en glycérine ou huile d'amande douce. Les filles doivent utiliser des laits démaquillants peu irritants et surtout bien rincer leur peau après l'opération. L'eau du mont Roucous qui existe en brumisateur est particulièrement recommandée pour cet usage.

• Le savon de Marseille, malgré sa connotation écologique, doit être évité.

• Ne pas « vider » soi-même ces lésions en les pressant ou en les triturant. Ces manipulations intempestives ont surtout pour conséquences immédiates d'entretenir l'infection et pour résultats, à long terme, de générer des cicatrices indélébiles.

• Ne pas trop s'exposer au soleil et à l'eau de mer, qui entraînent une amélioration passagère suivie généralement d'une aggravation. En effet, sous l'action des rayons ultraviolets, la peau s'épaissit pour se protéger, l'orifice du pore se rétrécit et cela favorise une rechute dans les semaines qui suivent avec une nouvelle poussée souvent plus importante que la première.

Les plantes

• Une décoction de bois de genévrier (50 g par litre d'eau que l'on laisse bouillir 20 minutes) peut être utilisée en application locale sur les comédons après ou à la place de la solution de calendula.

• Une infusion de fleurs de lavande (une cuiller à dessert de fleurs de lavande dans une grande tasse d'eau bouillante, infusée 10 minutes), 2 fois par jour, a de bons effets antiseptiques en application sur les lésions.

• Le gattilier, régulateur hormonal, est utile dans l'acné qui accompagne les troubles des règles. Prendre 20 gouttes de teinture de gattilier dans un demi-verre d'eau, 1 fois par jour, 15 jours par mois pendant la deuxième partie du cycle.

Nutrithérapie

• Prendre Oligoforme 6, complément alimentaire antiradicalaire, 1 comprimé par jour pendant vingt jours par mois, pendant plusieurs mois, pour aider à combattre les radicaux libres générés par l'inflammation et l'infection.

Homéopathie

L'acné est typiquement une affection qui implique la totalité de la personne à l'occasion d'un des moments les plus difficiles de la vie, celui qui fait transiter de l'enfance à la vie d'adulte. Les remèdes homéopathiques sont donc très utiles pour traiter ce terrain perturbé.

• Au début, au stade des petits points noirs sur une peau grasse, SELENIUM 7 CH, un granule deux fois par jour. Par la suite, si le comédon s'indure, s'infecte (petit point blanc de pus) et devient douloureux, ajouter EUGENIA JAMBOSA 7 CH, un granule 2 fois par jour.

• Si les lésions sont brûlantes, piquantes et localisées surtout à la face, à la poitrine et aux épaules, ajouter KALIUM BROMATUM 7 CH, 1 granule 2 fois par jour.

• Si les lésions sont également localisées dans les endroits où la peau est proche de l'os : régions du front, du conduit de l'oreille, du nez, du coccyx, prendre simultanément deux autres remèdes : LEDUM PALUSTRE 7 CH et CALCAREA PICRATA 7 CH.

• Pour atténuer et faire disparaître les cicatrices de l'acné, deux remèdes : ANTIMONIUM TARTARICUM 9 CH, 1 granule 2 fois par jour, lorsque les cicatrices sont bien limitées, de petite taille, et ont l'aspect d'un cratère rouge violacé ; GRAPHITES 15 CH, 1 granule 2 fois par jour, pour les cicatrices dites « chéloïdes », c'est-à-dire très boursouflées et disgracieuses.

• Dans tous les cas, pour la désinfection, utiliser CALENDULA teinture-mère, 15 gouttes dans 1/4 de verre d'eau. Appliquer sur les comédons à l'aide d'une compresse stérile, 2 à 3 fois par jour.

• Ce traitement sera potentialisé par les remèdes de terrain adaptés à chaque type humain et choisis par le médecin homéopathe.

AIDE AU CHOIX

Toujours commencer par l'association des remèdes homéopathiques et des plantes en respectant les règles d'hygiène décrites.

Les nettoyages de peau chez le dermatologue sont utiles. Il faut réserver les traitements allopathiques aux cas rebelles.

ANGINES ET RHINO-PHARYNGITES

DÉFINITION ET CAUSES

Inflammation de la gorge (et des amygdales quand il en reste), l'angine est due, le plus souvent, à un microbe, bactérie ou virus.

Les symptômes sont simples : le fond de la gorge est enflammé et rouge ; douleur, inflammation et œdème contribuent à rendre la déglutition difficile. La fièvre inconstante et variable se situe souvent vers 38,5°. Quelques frissons apparaissent avec maux de tête sur fond de malaise général. De petits ganglions sensibles apparaissent dans le cou. La rhinopharyngite n'est qu'une extension de l'angine à la muqueuse du nez.

Plus de cinquante années de traitements antibiotiques systématiques des angines en ont changé l'épidémiologie. D'une part, les germes (streptocoques, *Haemophilus*, pneumocoques, staphylocoques) décimés par cette stratégie ont laissé la place aux virus vis-à-vis desquels nous sommes toujours démunis. En ce début de millénaire, on trouve donc beaucoup de virus et très peu de bactéries comme causes d'angines.

D'autre part, par le phénomène, abondamment décrit et expliqué en début d'ouvrage, de mutation-sélection, des souches de bactéries résistantes sont apparues, ce qui pose le crucial problème des nouvelles angines résistant à nos traitements !

Pour aider les médecins à changer leurs habitudes de prescriptions, un test d'une grande précision a été mis au point, qui permet, en quelques minutes, au cabinet du praticien, à partir d'un simple prélèvement de gorge, de distinguer une angine virale d'une angine bactérienne

De plus, les complications, autrefois redoutables, des angines à streptocoques (rhumatisme articulaire aigu, endocardite, néphrite) sont devenues rares parce que ces germes ont presque disparu des gorges des sujets de moins de 20 ans. Même en l'absence de test, les antibiotiques ne se justifient plus d'emblée, à l'aveugle, et il semble raisonnable de se donner au moins 24 heures pour tester l'efficacité des techniques alternatives.

Traitement officiel

Les prescriptions font cependant encore trop souvent appel aux antibiotiques, notamment des familles des bétalactamines (pénicillines et céphalosporines ; cf. page 54) et des macrolides (cf. page 59). Contre la douleur, des antalgiques et des anti-inflammatoires sont souvent ajoutés à l'ordonnance.

Il existe cependant un grand nombre de petits remèdes allopathiques, en vente libre. Ils permettent d'enrayer, en automédication, un « mal de gorge » et, utilisés avant tout autre traitement, évitent l'utilisation des antibiotiques. Il faut citer d'abord les collutoires qui assurent une désinfection de la gorge et permettent aux défenses immunitaires de faire le reste. On peut choisir : Amygdol®, Colluctyl®, Lysofon®, 4 à 6 pulvérisations par jour.

Par voie orale, on peut prendre en association avec les collutoires : Lysofon comprimés®, Lysocalm® ou Strepsils®, 4 à 6 comprimés à sucer par jour.

Enfin, la forme suppositoire perdure avec Amygdorectol® à raison de 2 à 3 suppositoires, 2 à 3 jours.

Renforcer les défenses

Aliments et condiments

- L'ail contient plusieurs produits antiseptiques dont l'allicine. Il est recommandé d'en consommer de larges quantités soit à l'état frais dans les salades et autres crudités, soit à l'état cuit dans l'alimentation générale, soit sous forme de concentré sec (gélules ou comprimés) à raison de 400 à 600 mg par jour au moment des repas (choisir des préparations dosées à 4 000 mcg d'allicine).

• Le citron, qui contient de très nombreuses molécules antioxydantes, est très utile pour lutter contre toutes les infections. Boire 1 à 2 jus de citron mélangé à de l'eau, chaque jour, si possible sans ajout de sucre.

Les plantes

• L'échinacée est une plante majeure dans la stimulation des défenses immunitaires contre les maladies infectieuses. Prendre 100 mg d'extrait sec 4 fois par jour (gélules ou comprimés) en choisissant une préparation titrée à 3,5 % au moins d'échinacosides.

• Prendre également, en alternance, des infusions de gingembre, sauge, orme rouge et thym : 2 à 4 tasses par jour, 1 cuiller à dessert de chaque plante dans une tasse d'eau bouillante de 250 cm^3, 10 minutes.

• Localement, le citron est excellent en gargarisme : un jus de citron dans un grand verre d'eau tiède. De même le géranium, une poignée pour un litre d'eau en décoction (10 minutes à l'ébullition) préparée pour 2 ou 3 jours.

Nutrithérapie

• La vitamine C à raison de 500 mg deux fois par jour est recommandée sous forme d'acérola à prendre en comprimés ou en gélules.

• Oligoforme 6, complément alimentaire antiradicalaire, 1 comprimé 6 fois par jour pendant 3 jours, pour aider à combattre les radicaux libres générés par l'infection.

Homéopathie

• Dès les premiers symptômes, 90 % des angines répondent à trois remèdes : BELLADONNA 5 CH, FERRUM

PHOSPHORICUM 5 CH, 1 granule de chaque, tous les 1/4 d'heure jusqu'à l'amélioration, avec PYROGENIUM 9 CH, 1 granule 4 fois par jour.

Par la suite, les remèdes varient avec les symptômes. Les variantes les plus probables sont les suivantes :

- Si des points blancs apparaissent dans le fond de la gorge, la langue devient chargée, la fièvre augmente : remplacer FERRUM PHOSPHORICUM par MERCURIUS SOLUBILIS 5 CH.
- Si la douleur est très brûlante et améliorée par les boissons froides : remplacer FERRUM PHOSPHORICUM par APIS MELLIFICA 7 CH.
- Si la gorge est sèche, la déglutition difficile et si la douleur irradie vers les oreilles, remplacer FERRUM PHOSPHORICUM par PHYTOLACCA 7 CH.
- Si l'angine est localisée à droite, ajouter LYCOPODIUM 9 CH, 1 granule matin et soir.
- Si l'angine est localisée à gauche, ajouter LACHESIS 9 CH, 1 granule matin et soir.

• Des gargarismes, 3 à 4 fois par jour, avec de l'eau tiède additionnée de 15 gouttes de teinture-mère de PHYTOLACCA et CALENDULA ou avec les préparations phytothérapiques mentionnées ci-dessus, sont également conseillés.

Ce traitement homéopathique doit permettre une diminution des symptômes très rapide (en 24 heures), faute de quoi il faut consulter un médecin qui jugera de l'opportunité d'utiliser des antibiotiques.

AIDE AU CHOIX

L'homéopathie, les plantes et la nutrithérapie sont très souvent suffisantes. Les antibiotiques sur prescription médicale n'interviennent qu'en cas d'aggravation.

APHTES

Définition et causes

Il s'agit d'ulcérations blanchâtres superficielles qui apparaissent sur la muqueuse de la bouche, des joues ou de la langue, de façon isolée ou en petits groupes, d'une taille qui varie de 1 mm à 1 cm. Fréquemment très douloureuses, elles sont gênantes parce qu'elles rendent difficiles l'alimentation et l'élocution, et par leur caractère récidivant. 5 à 10 % des enfants en souffrent à un moment ou à un autre ; les adultes sont aussi touchés mais les personnes âgées sont moins réceptives. De causes inconnues, bien que des virus soient suspectés, certains aliments (voir ci-dessous) semblent les favoriser.

L'étendue des lésions est très variable. Dans les cas graves, elles peuvent gagner le palais et le pharynx, envahir toute la bouche et durer jusqu'à 6 semaines avant de disparaître.

La guérison spontanée est la règle.

Traitement officiel

Le traitement consiste dans l'application d'un gel calmant et antiseptique sur la lésion ; les produits les plus utilisés sont : le Pyralvex® et le Borostyrol® (vendus sans ordonnance). Le contact avec la lésion engendre une brûlure cuisante suivie d'une sensation de mieux-être. Mais la difficulté consiste à faire adhérer le remède à une muqueuse humide balayée en permanence par de la salive ! C'est pourquoi, dans les formes sévères, on utilise une colle chirurgicale (cyanoacrylate) dont on recouvre la lésion après l'avoir rincée à l'eau distillée et qui adhère en quelques secondes, permettant d'isoler la plaie et d'éviter une infection secondaire. La douleur et l'inconfort disparaissent rapidement, ce qui autorise la reprise d'une alimentation correcte et permet une cicatrisation beaucoup plus rapide.

Les antibiotiques sont toujours contre-indiqués bien que parfois utilisés suite à des erreurs de diagnostic.

Renforcer les défenses

Hygiène

• Avant tout traitement local, bien se rincer la bouche à l'aide d'une solution faite de 5 cm^3 d'eau oxygénée à 10 volumes dans un verre d'eau.

• On peut ensuite essayer d'appliquer un sachet de thé mouillé sur la lésion ; les tanins qu'il contient auront un effet bénéfique.

Précautions alimentaires

• En cas de prédisposition aux aphtes, éviter certains aliments très favorisants : les fruits secs (noix, amandes, noisettes), les fruits acides (tous les agrumes), le gruyère, les ananas, les tomates, les bananes, les fraises, les kiwis, les épices et le chocolat.

• En revanche, la consommation quotidienne de yaourt à culture active de *Lactobacillus acidophilus* est vivement recommandée pour l'équilibre bactérien qu'il induit dans la cavité buccale.

Les plantes

• L'échinacée, plante majeure dans la stimulation des défenses immunitaires, accélère la guérison et contribue à espacer les crises. Prendre 100 mg d'extrait sec 4 fois par jour (gélules ou comprimés) en choisissant une préparation titrée à 3,5 %, au moins, d'échinacosides. En dehors des crises, prendre 2 fois par jour, en cure de 15 jours par mois, pendant plusieurs mois.

• Faire de fréquents bains de bouche avec une décoction (10 minutes dans l'eau à l'ébullition) de sauge (la feuille et la fleur) à raison d'une poignée pour 1 litre d'eau.

• Mâcher, 3 ou 4 fois par jour, des pastilles de réglisse qui forme une pellicule protectrice sur les aphtes et, en les isolant des substances irritantes, contribue à accélérer leur guérison.

Nutrithérapie

• La vitamine C à raison de 500 mg deux fois par jour est recommandée sous forme d'acérola à prendre en comprimés ou en gélules.

• Prendre également des comprimés de flavonoïdes, produits antiradicalaires, à raison de 250 mg, 2 à 3 fois par jour.

Homéopathie

• Dès les premiers symptômes, associer : MERCURIUS CORROSIVUS 7 CH, SULFURICUM ACIDUM 7 CH, BORAX 7 CH et SECALE CORNUTUM 7 CH, 1 granule de chaque toutes les heures à espacer selon résultats. Entre les crises prendre tous les 15 jours 10 granules de BORAX 15 CH et de MERCURIUS CORROSIVUS 15 CH.

• Si les aphtes sont très rebelles au traitement, ajouter NITRICUM ACIDUM 9 CH et SECALE CORNUTUM 9 CH.

• Localement, toucher chaque aphte avec un Coton-tige imprégné de CALENDULA TM et faire des gargarismes avec de l'eau additionnée de 20 gouttes de PHYTOLACCA TM et 20 gouttes de CALENDULA TM.

AIDE AU CHOIX

Les aphtes sont des lésions bénignes en elles-mêmes puisqu'ils guérissent toujours spontanément. Mais ils sont très invalidants, surtout chez l'enfant, par la gêne qu'ils occasionnent vis-à-vis de l'alimentation. La meilleure combinaison thérapeutique pour s'en débarrasser inclut toujours les médecines alternatives.

BRONCHITES

Définition et causes

Les bronchites sont des inflammations de la trachée et des bronches qui se traduisent par l'épaississement de leur parois et du mucus sécrété, et la paralysie des petits cils vibratiles chargés d'éliminer ce mucus vers l'extérieur. Il s'ensuit une accumulation des mucosités chargées de poussières et de microbes qui déclenche les efforts de toux.

La bronchite aiguë est généralement la complication d'un rhume ou d'une grippe ; elle se manifeste par une fièvre à 38°-38,5° et par une toux persistante d'abord irritative et progressivement productive qui peut durer plusieurs semaines.

La bronchite chronique se manifeste par une toux accompagnée d'expectorations jaunes, verdâtres, qui dure des mois et récidive. Il s'agit d'une irritation permanente des voies respiratoires souvent due au tabagisme.

Traitement officiel

À l'instar des angines et rhino-pharyngites, les bronchites sont fréquemment traitées, en première intention, par les antibiotiques alors que, comme celles-ci, elles sont le plus souvent d'origine virale.

Cependant, pour diminuer la congestion, il existe en automédication plusieurs remèdes très efficaces : Rhinadvil® ou Rhinureflex®, 2 comprimés dès les premiers symptômes à renouveler si nécessaire quelques heures après (ne pas dépasser 4 comprimés par 24 heures) ; Rhinalair L.P. 120 mg®, 1 gélule matin et soir (ne pas dépasser 5 jours) ; Sudafed®, 1 comprimé 3 fois par jour ; Broncorinol®, 1 à 2 gélules, 3 fois par jour ; Néocitran®, 1 sachet, 2 à 3 fois par jour.

Il faut malheureusement signaler que tous ces remèdes peu onéreux ont tendance à être supprimés et remplacés par des produits plus chers et plus agressifs, pour des raisons de profit.

Enfin, selon les symptômes, des antitussifs, des antipyrétiques ou des antibiotiques en cas de complication en sinusite (voir le chapitre « Sinusite ») seront utilisés.

Les bronchites chroniques des tabagiques sont, elles aussi, fréquemment traitées par antibiotiques durant six mois de l'année, de début octobre à fin mars.

Renforcer les défenses

Précautions

• Que la bronchite soit aiguë ou chronique, il faut arrêter de fumer et éviter les lieux enfumés. Boire beaucoup (tisanes, jus de fruits dilués, eau du mont Roucous…) pour accélérer l'expectoration rendue difficile par l'épaisseur du mucus.

• Éviter l'utilisation des produits sous formes d'aérosols qui irritent les voies respiratoires.

• En cas de bronchite chronique, il faut éviter de sortir durant les jours de forte pollution atmosphérique.

Les plantes

• L'échinacée, plante majeure dans la stimulation des défenses immunitaires, accélère la guérison et contribue à espacer les crises. En cas de bronchites aiguës, prendre 200 mg d'extrait sec 4 fois par jour (gélules ou comprimés), en choisissant une préparation titrée à 3,5 %, au moins, d'échinacosides. En cas de bronchite chronique, prendre 200 mg, 2 fois par jour, 3 mois sur 4, pendant plusieurs mois.

• Trois autres plantes, l'hysope, le thym et le plantain, peuvent également être prises en infusion, en alternance, à raison de 3 à 4 tasses par jour.

Nutrithérapie

Prendre de la vitamines C à raison de 200 mg 2 fois par jour sous forme d'acérola et les flavonoïdes à raison de 250 mg, 2 fois par jour.

Homéopatie

• Dans tous les cas, associer : HEPAR SULFUR 15 CH, ANTIMONIUM TARTARICUM 5 CH, IPECA 9 CH et BRYONIA ALBA 7 CH, 1 granule, toutes les 2 heures pour les bronchites aiguës.

• Selon les circonstances, ajouter : MERCURIUS SOLUBILIS 5 CH si les crachats sont gros et jaunâtres et KALIUM BICHROMICUM 5 CH s'ils sont verdâtres et filants, 1 granule matin et soir.

AIDE AU CHOIX

Il va clairement à l'association homéopathie et plantes pour les bronchites aiguës. Pour les bronchites chroniques, le sevrage des antibiotiques n'est possible que si le sujet s'arrête de fumer.

BRÛLURES

Bien qu'il ne s'agisse pas d'une maladie infectieuse, les brûlures sont proposées ici du fait de leurs relations avec les microbes, d'une part au niveau de la repousse des tissus qui est favorisée par la flore bactérienne locale et d'autre part du fait des surinfections possibles qui justifient parfois l'utilisation d'antibiotiques.

DÉFINITION ET CAUSES

Accidents parmi les plus fréquents de la vie quotidienne, les brûlures cutanées sont, heureusement, très souvent bénignes. Elles se produisent lorsque notre épiderme est mis en contact avec une source de chaleur qui dépasse 60° ou avec un produit chimique qui produit des effets analogues.

L'important est de savoir en apprécier la gravité, qui s'évalue selon trois critères : l'étendue, la profondeur et la localisation de la lésion.

- Si la surface brûlée ne dépasse pas celle de la paume de la main (qui représente 1 % de la surface corporelle totale), on peut considérer le cas comme bénin sauf si elle est très profonde. Chacun peut alors faire son automédication. Si l'atteinte est comprise entre 1 et 10 % de la surface corporelle, il faut faire appel à un médecin. Au-delà, l'hospitalisation d'urgence s'impose.

- Concernant la profondeur, on classe les brûlures selon 3 degrés : le premier degré se signale par une simple rougeur de la peau ; le deuxième degré laisse apparaître un signe caractéristique appelé phlyctène mais qui n'est rien d'autre qu'une bulle plus ou moins grosse remplie de liquide ; dans le troisième degré, l'aspect de la peau est cartonné, sans bulle et indolore (car les terminaisons nerveuses ont été détruites).

- Concernant la localisation, les brûlures situées aux yeux et au niveau des plis de flexion sont plus préoccupantes et réclament toujours un avis médical en urgence.

On n'améliore ni la douleur ni le pronostic d'une brûlure en appliquant dessus de l'huile, du beurre, du vinaigre, du miel ou un morceau de pomme de terre.

Traitement officiel

Le traitement est simple et bien codifié car la connaissance des brûlures a beaucoup évolué.

La première chose à faire est de refroidir la lésion à l'eau du robinet pendant au moins 10 minutes ou jusqu'à disparition des douleurs. On « éteint le feu » en quelque sorte ! En cas de brûlures du second degré avec présence de bulles, il faut respecter celles-ci tant qu'elles ne sont pas crevées. Une atteinte oculaire, notamment par projection de produit chimique, impose de rincer abondamment pour éliminer tout le produit.

La meilleure émulsion pour recouvrir une brûlure est la Biafine® (en vente libre) à appliquer en couche épaisse qui débordera largement la surface lésée.

Le Tulle Gras Lumière®, autrefois très utilisé, reste un bon produit mais le Baume du Pérou qui le constitue est devenu très allergisant. On évite donc de l'employer.

Les brûlures du troisième degré et toutes brûlures étendues exigent toujours une intervention médicale et souvent une hospitalisation.

L'utilisation des antibiotiques n'est pas souhaitable pour les brûlures simples (premier et deuxième degrés) car ils peuvent éliminer les bactéries de la peau qui contribuent à la réparation des tissus. En revanche, il faut renforcer les défenses immunitaires pour éviter la pénétration de germes pathogènes et favoriser la cicatrisation.

Renforcer les défenses

Précautions à prendre

• Pendant toute l'année qui suit la cicatrisation, il est impératif d'éviter l'exposition au soleil de la zone brûlée car la peau y est plus sensible à l'apparition d'un cancer.

Les plantes

Elles proposent une alternative efficace à l'allopathie.

• Pour calmer la douleur et l'inflammation, faire une infusion de camomille à raison de 2 à 3 cuillerées de plante séchée dans 1/2 litre d'eau bouillante. Prendre 2 à 3 tasses par jour et faire des applications de 15 minutes à l'aide d'une compresse sur la brûlure. Le gel d'aloe vera donne également de bons résultats.

• Pour accélérer la cicatrisation, prendre 100 mg par jour d'extrait de centella asiatica, plante qui accélère la régénération du tissu conjonctif de la peau.

• La solution huileuse de niaouli à 5 % sur un pansement en application locale est aussi recommandée.

• De même, Tégarome, mélange à base d'essences de lavande, thym, géranium, sauge, eucalyptus, romarin et cyprès, à raison de 50 gouttes dans un verre d'eau : tremper une compresse dans le mélange et l'appliquer sur la brûlure.

Nutrithérapie

• La vitamine C sous forme d'acérola à raison de 200 mg 2 fois par jour et le zinc sous forme de poudre déshydratée d'huître (Oligocéan, 2 comprimés, 3 fois par jour jusqu'à la fin de la cicatrisation) sont les meilleurs micronutriments pour la cicatrisation.

Homéopathie

Une fois les soins locaux effectués, les remèdes homéopathiques vont accélérer l'évolution vers la guérison.

- Premier degré, la peau est rosée, pique et brûle : APIS

MELLIFICA 7 CH, 1 granule tous les quarts d'heure. Associer ARNICA 9 CH, en cas d'aspect violacé avec sensation de meurtrissures, ou BELLADONNA 5 CH, si la peau est très rouge et le sujet agité. Même posologie.

- Deuxième degré léger, une petite cloque apparaît : RHUS TOXICODENDRON 7 CH, 1 granule tous les quarts d'heure.
- Deuxième degré grave, une grosse cloque étendue apparaît : CANTHARIS 9 CH, 1 granule tous les quarts d'heure.

Dès que les brûlures sont un peu étendues sur le corps, consulter votre médecin homéopathe.

Cicatrices

Pour atténuer les cicatrices disgracieuses, épaisses, formant un bourrelet : GRAPHITES 15 CH, 1 granule matin et soir pendant 6 mois. Si elles sont rouge violacé, ajouter LACHESIS 9 CH et SULFURICUM ACIDUM 9 CH, à la même posologie. S'il s'agit de cicatrices de brûlures, ajouter CAUSTICUM 9 CH.

AIDE AU CHOIX

Apprécier la gravité et s'autoriser l'automédication décrite ci-dessus pour les cas bénins qui ne dépassent pas le deuxième degré.

CANDIDOSE VAGINALE

Définition et causes

Infection du vagin provoquée par le champignon microscopique *Candida albicans* présent dans l'intestin et sur les muqueuses buccale et vaginale où il ne génère habituellement aucun trouble. Parfois, notamment à l'occasion d'un traitement antibiotique intempestif, la flore vaginale naturelle, constituée d'une majorité de bacilles de Doderlein, est détruite. Ce déséquilibre entraîne la multiplication rapide du *Candida albicans* et provoque irritations et sécrétions d'un écoulement blanchâtre.

Il faut noter que le diabète favorise la survenue de candidoses vaginales.

Traitement officiel

Les antibiotiques sont souvent prescrits en première intention même lorsque la candidose a été provoquée par une antibiothérapie ! Le traitement doit être maintenu pendant 6 semaines. Il est très efficace mais son succès implique une bonne observance et l'application de règles d'hygiène stricte pour éviter les rechutes. Sa mise en œuvre passe par la consultation d'un gynécologue qui prescrira les remèdes les plus adaptés aussi bien en applications locales que par prise orale si nécessaire.

Pour les candidoses, la Mycostatine® et la Fungizone® sont les deux produits les plus prescrits.

Le Trophigil®, sous forme de gélules vaginales qui réensemence la flore en bacilles de Doderlein, est un bon complément local.

L'association dans le même produit d'un antifongique et d'un corticoïde (anti-inflammatoire) est vivement déconseillée car celui-ci masque l'infection et favorise le développement du champignon.

Les mycoses sont contagieuses. Il est donc recommandé de changer fréquemment de linge de corps et de ne pas prêter ses serviettes de toilette.

RENFORCER LES DÉFENSES

Hygiène

• Tous les champignons prolifèrent dans les endroits chauds et humides. Pour éviter les désagréments des infections vaginales, il est recommandé, pour lutter contre la macération, de porter, de préférence, des culottes en coton et de se passer des pantalons serrés.

• Les gélules désodorisantes, les savons liquides et les sprays doivent être bannis pour l'hygiène intime. On utilisera seulement un savon neutre pour la toilette vaginale.

Diététique

• Il est recommandé de manger des yaourts à l'acidophilus ou au bifidus ainsi que 2 g, 4 fois par jour, de fructo-oligosaccharides qui en favorisent la croissance pour rééquilibrer la flore intestinale et toutes les flores naturelles.

Nutrithérapie

• La vitamine C à raison de 200 mg, 2 fois par jour, sous forme d'acérola est toujours préconisée en cas d'infection mysosique.

Les plantes

• L'utilisation d'ovules vaginaux d'huile essentielle de l'arbre à thé ou de calendula, disponibles sur préparation magistrale dans les pharmacies, permet de rééquilibrer la flore naturelle de Doderlein et de relancer les défenses naturelles de la muqueuse.

• L'échinacée, plante majeure dans la stimulation des

défenses immunitaires, aide à la destruction des champignons par les globules blancs. En cas de candidose, prendre 200 mg d'extrait sec 4 fois par jour (gélules ou comprimés), durant plusieurs cycles de 3 semaines avec une semaine d'interruption entre les cycles, en choisissant une préparation titrée à 3,5 %, au moins, d'échinacosides.

Homéopathie

• Pendant la poussée de candidose, prendre HELONIAS 9 CH et CANDIDA ALBICANS 9 CH, 1 granule de chaque 4 à 6 fois par jour.

• Entre les crises pour traiter le terrain, prendre 10 granules en alternance, chaque semaine, de CANDIDA ALBICANS 15 CH et PSORINUM 15 CH.

AIDE AU CHOIX

Il faut toujours essayer de renforcer les défenses par les plantes, la diététique et l'homéopathie avant d'avoir recours aux antibiotiques.

COUPURES, ÉCORCHURES, MORSURES

Définition et causes

Il s'agit de lésions plus ou moins superficielles de la peau et des tissus sous-jacents.

La coupure résulte d'une entaille ou d'une perforation, effectuée le plus souvent au moyen d'un outil tranchant ou piquant (couteau, ciseaux, scie, arme blanche…). La plaie est nette, plus ou moins profonde et facile à explorer.

L'écorchure correspond à une déchirure superficielle faite au cours d'une chute ou au contact d'objets rugueux, irréguliers ou abrasifs. La plaie est irrégulière, parfois difficile à sonder.

La morsure résulte du traumatisme provoqué par la mâchoire et les dents d'un animal (chien, chat ou autre) généralement sur un membre ou sur la face.

Toutes ces lésions représentent des portes d'entrée pour d'éventuelles infections qui sont, de plus, favorisées par le fait que tout traumatisme déséquilibre l'immunité.

Traitement officiel

Toute plaie ou morsure, surtout si elle est importante, doit toujours être bien nettoyée à l'aide de savon de Marseille pour ne pas y laisser de corps étrangers. Elle doit ensuite être désinfectée en utilisant par exemple du Merfène® à 0,05 % ou de la Bétadine®.

Respecter les consignes concernant la rage : l'animal incrimé, le plus souvent un chien, doit être surveillé pendant six semaines dans l'attente d'une éventuelle apparition de la rage. En effet, cette maladie, toujours mortelle une fois déclarée, est encore bien présente en Europe (et encore plus sous les Tropiques !) mais peut bénéficier d'une vaccination préventive pendant la phase d'incubation.

Les antibiotiques à titre préventif sont toujours contre-indiqués.

Renforcer les défenses

Diététique

• En cas d'antibiothérapie prescrite à la suite d'une infection des plaies, il est recommandé de manger des yaourts à l'acidophilus ou au bifidus ainsi que 2 g, 4 fois par jour, de fructo-oligosaccharides qui en favorisent la croissance, pour rééquilibrer la flore intestinale et toutes les flores naturelles.

Nutrithérapie

• La vitamine C à raison de 200 mg, 2 fois par jour de préférence sous forme naturelle d'acérola favorise la cicatrisation.

• Oligoforme 6 qui contient des nutriments antiradicalaires permet de lutter contre l'inflammation. Prendre 1 comprimé, 4 fois par jour pendant 5 jours.

Les plantes

• L'échinacée, plante majeure dans la stimulation des défenses immunitaires, aide à la cicatrisation sans surinfection. Prendre 200 mg d'extrait sec, 4 fois par jour (gélules ou comprimés), durant 3 semaines en choisissant une préparation titrée à 3,5 %, au moins, d'échinacosides.

• Changer le pansement 2 fois par jour les premiers jours puis une seule fois par la suite en appliquant chaque fois sur la plaie, en alternance, du gel d'aloe vera ou de la crème au calendula (souci des jardins).

• On peut aussi utiliser l'huile essentielle de lavande, 1 goutte sur la plaie bien nettoyée avant de refaire le pansement.

Homéopathie

• Le traitement homéopathique des traumatismes est un exemple significatif de l'efficacité de ces remèdes. L'un d'entre eux, particulièrement : ARNICA 9 CH. Après un traumatisme, prendre 1 granule chaque heure d'ARNICA 9 CH associé aux remèdes choisis pour leur spécificité et espacer en fonction de l'amélioration.

Coupures

• Après lavage au savon de Marseille, désinfection avec une solution de 30 gouttes de teinture-mère de CALENDULA dans 1/2 verre d'eau et prise de STAPHYSAGRIA 5 CH et HYPERICUM 15 CH, 1 granule matin et soir, pendant 15 jours.

Morsures

• Toute morsure doit être nettoyée d'abord à grande eau et au savon de Marseille, puis à l'aide d'une compresse imprégnée de teinture-mère de CALENDULA.

• Pour la cicatrisation de la plaie, prendre 1 granule de chaque remède de l'association : ARNICA 9 CH, LACHESIS 7 CH, LEDUM PALUSTRE 7 CH, pendant 15 jours.

Tous ces traitement sont totalement compatibles avec les interventions classiques.

AIDE AU CHOIX

L'automédication est toujours possible en utilisant les plantes et l'homéopathie. Les antibiotiques sont très rarement indiqués.

DIARRHÉES

Définition et causes

La diarrhée aiguë correspond à des émissions de selles trop liquides et trop fréquentes, dont le poids est supérieur à 200 grammes par jour. Elle est, le plus souvent, accompagnée de nausées, de vomissements, de douleurs abdominales et de fièvre. Son début est brutal. Elle dure généralement moins de 5 jours.

Les causes en sont très nombreuses :

- Les **microbes** viennent en première ligne : bactéries comme les *Shigella*, les *Salmonella*, les campylobacters, les *Yersinia*, le staphylocoque ou le coli entéropathogène ; virus comme les rotavirus ou les entérovirus ; parasites comme les amibes.
- Les **médicaments chimiques** sont fréquemment en cause : laxatifs mal utilisés pour traiter une constipation, tonicardiaques, anti-hypertenseurs, anticancéreux, anti-inflammatoires, antibiotiques qui déséquilibrent la flore intestinale.
- Les **aliments avariés ou contaminés** par des toxines rejetées par des micro-organismes sont aussi incriminés.

La diarrhée n'est pas une maladie comme les autres. Elle est un réflexe de défense de l'organisme pour éliminer des substances irritantes ou nocives pour sa santé générale. Notre intestin a, en effet, une fonction d'émonctoire (comme le rein, le poumon et la peau), ce qui veut dire qu'il a pour mission de protéger notre milieu intérieur (celui qui n'est pas directement en contact avec l'environnement) de toutes les agressions.

Il faut boire beaucoup d'eau en cas de diarrhée. Cela ne l'aggravera pas et protégera contre les risques de déshydratation.

Traitement officiel

Le traitement comporte toujours une réhydratation par la bouche et des remèdes dont beaucoup sont en vente libre, donc utilisables en automédication. Parmi les antiseptiques intestinaux, on peut utiliser : le Ganidan®, le Litoxol® ou l'Enteropathyl®, 4 à 6 comprimés par jour en 2 ou 3 prises. On lui associera un produit antidiarrhéique à choisir parmi : Gélopectose®, 2 à 4 cuillers à soupe par jour, Lopelin® ou Imossel®, 2 gélules pour commencer puis 1 gélule après chaque selle liquide ou molle sans dépasser 6 par jour. Selon les cas, on aura recours au charbon végétal Formocarbine® qui adsorbe les gaz et les toxines, 2 gélules, 2 à 4 fois par jour, à un antispasmodique, le Spasfon®, qui calme les coliques trop violentes à raison de 2 à 6 comprimés par jour, à un composé d'argiles, pour améliorer la consistance des selles, le Smecta®, 3 sachets par jour en moyenne, des ferments lactiques comme le Lactéol® fort qui stimule la flore intestinale naturelle, à raison de 2 à 4 gélules par jour.

Si la diarrhée ne cède pas, le médecin consulté prescrira un autre antiseptique intestinal (Intétrix®, Ercéfuryl®) ou des antibiotiques et un ralentisseur du transit (Imodium®) qui stoppe radicalement la diarrhée mais peut entraîner une constipation.

Renforcer les défenses

Diététique

• Il faut continuer à manger en cas de diarrhées mais en allégeant les repas et en absorbant beaucoup plus de liquides que de solides. Les boissons légèrement sucrées ou salées, les jus de légumes qui apportent les minéraux et oligo-éléments que vous perdez dans les selles, sont particulièrement bénéfiques.

• Certains aliments sont à éviter car ils contiennent de grandes quantités de sucres qui peuvent aggraver la diarrhée : le pain, les pâtes, tous les produits à base de farine, les haricots secs, les choux, les pommes de terre, le maïs, les fruits de terroir (pommes, pêches, poires, prunes).

• Enfin, il est recommandé de manger des yaourts aux lactobacilles, acidophilus ou bifidus ainsi que 2 g, 4 fois par jour, de fructo-oligosaccharides qui en favorisent la croissance pour rééquilibrer la flore intestinale. Les lactobacilles peuvent aussi être absorbés sous forme de comprimés, à raison de 2 comprimés 3 fois par jour.

Précautions à prendre

• Les diarrhées qui durent plus de 48 heures sous automédication doivent amener à consulter.

• Attention au risque de déshydratation chez le jeune enfant. En effet, le corps humain contient beaucoup plus d'eau dans l'enfance mais il est alors plus sensible à toutes pertes liquidiennes. Toute diarrhée du nourrisson doit être vue par un médecin.

• Une des causes de diarrhées est l'intolérance au lactose qui est le sucre du lait. Elle peut apparaître aussi bien dans l'enfance qu'à l'âge adulte.

Les plantes

• Un très grand nombre de plantes sont réputées pour calmer et guérir la diarrhée : l'ail, la camomille, la cannelle, le citron, le genévrier, le géranium, le gingembre, la girofle, la lavande, la menthe, la noix muscade, l'oranger amer, le romarin, le santal, la sarriette, la sauge, le thymol.

• On les utilisera en infusions à raison de 2 à 4 tasses par jour.

• On peut accorder une mention particulière aux feuilles de mûrier sauvage ou aux feuilles de framboisier qui contiennent beaucoup de tanins, produits capables de faire cicatriser les muqueuses intestinales et d'aider l'organisme à fixer les liquides. À prendre sous forme de tisanes à raison de 6 tasses par jour, 1 cuiller à soupe de feuilles par tasse.

Homéopathie

L'avantage des remèdes homéopathiques est de présenter une gamme très complète qui répond aux très nombreuses modalités des diarrhées et aide à les faire disparaître sans aucun risque. Il est, de plus, impossible de masquer une infection grave.

• On choisira donc, quel que soit le type de la diarrhée : PODOPHYLLUM 5 CH, 1 granule toutes les 2 heures à espacer selon l'amélioration.

• Ajouter 1 granule toutes les 2 heures d'un remède choisi selon les symptômes :

- avec selles brûlantes de mauvaise odeur, fièvre et état infectieux (ou intoxication alimentaire) : ARSENICUM ALBUM 5 CH.

- selles très abondantes avec grande faiblesse et sueurs froides, ou après consommation excessive de fruits : VERATRUM ALBUM 5 CH.

- selles vertes après consommation excessive de sucreries : ARGENTUM NITRICUM 5 CH.

- selles mi-solides mi-liquides après gros excès alimentaire : ANTIMONIUM CRUDUM 5 CH.

- selles très matinales émises en jet avec de nombreux gaz : NATRUM SULFURICUM 5 CH.

- selles très liquides, presque comme de l'eau, sans douleur, qui épuisent le sujet : CHINA 5 CH.

- selles décolorées, blanches, épuisantes chez un sujet très fatigué : PHOSPHORICUM ACIDUM 5 CH.

- selles impérieuses qu'on ne peut pas retenir, aussitôt après avoir mangé ou bu : ALOE 5 CH.

- selles avec douleurs améliorées en chien de fusil : COLOCYNTHIS 5 CH.
- selles brûlantes avec vomissements de bile : IRIS VERSICOLOR 5 CH.
- pendant les règles : VERATRUM ALBUM 5 CH.
- après excès d'aliments gras ou de glaces : PULSATILLA 5 CH.
- après excès d'alcool : NUX VOMICA 5 CH.
- après consommation d'huîtres : LYCOPODIUM 5 CH et ARSENICUM ALBUM 5 CH.
- après consommation excessive de lait ou laitages : MAGNESIA MURIATICA 5 CH.
- après une émotion (bonne ou mauvaise nouvelle) : GELSEMIUM 5 CH.

La diarrhée du voyageur

Encore appelée « turista », elle atteint 30 à 50 % des voyageurs sous les Tropiques. Elle est liée à l'alimentation. Le nombre de selles quotidiennes, très variable, est souvent important (10 à 20 !).

L'application stricte de la loi de similitude qui permet de sélectionner les remèdes homéopathiques efficaces donne d'étonnants résultats. Mais ces remèdes sont rares sous les Tropiques. Il faut donc penser à les emporter tous avec soi, et ils sont nombreux ! L'utilisation de remèdes allopathiques d'automédication (cf. plus haut) ou prescrits par le médecin habituel permettra de résoudre le problème.

AIDE AU CHOIX

Les remèdes allopathiques d'automédication combinés à la diététique et à l'homéopathie donnent d'excellents résultats. Après 48 heures sans amélioration, il faut faire appel à un médecin.

FURONCLES ET ABCÈS

Définition et causes

L'abcès est une accumulation de pus qui se forme à la suite d'une infection par un micro-organisme, le plus souvent une bactérie. Il représente les séquelles de la défense de l'organisme car le pus est constitué en grande partie de globules blancs détruits ou altérés.

Le furoncle est un petit abcès centré sur un poil. On parle de furonculose lorsque plusieurs furoncles apparaissent dans une même région. Le germe le plus souvent en cause est le staphylocoque.

Quatre symptômes principaux permettent de l'identifier : une douleur localisée, une rougeur associée à une chaleur inhabituelle de la peau et une tuméfaction plus ou moins importante.

Il peut se situer dans n'importe quel endroit du corps. Cependant, il ne pourra être mis en évidence et abordé, éventuellement, en automédication que s'il se trouve à proximité de la peau ou dans la bouche. Les germes le plus souvent en cause dans cette localisation sont le staphylocoque et le streptocoque.

L'existence d'un abcès doit toujours faire rechercher les raisons d'une baisse des défenses immunitaires.

Traitement officiel

Le traitement officiel des abcès fait appel à l'antibiothérapie et à l'incision chirurgicale pour évacuation lorsque le pus est suffisamment collecté. Il nécessite donc la consultation d'un médecin.

Abcès dentaire et abcès de la marge anale sont des localisations souvent très douloureuses qui imposent alors une consultation en urgence.

Renforcer les défenses

Hygiène

• Au cours des soins, lorsque l'abcès commence à se vider de son contenu purulent, il faut laver la plaie au savon de Marseille et la désinfecter soigneusement à l'aide d'un antiseptique comme le Merfène® à 0,05 %. Il faut en effet éviter toute dissémination des germes qui pourraient créer un autre foyer infectieux.

Précautions à prendre

• L'abcès sous-cutané est fréquemment provoqué par une injection faite dans de mauvaises conditions de stérilité. C'est le cas chez les personnes qui utilisent des drogues. Il faut donc rappeler qu'une seringue jetable ne doit jamais être utilisée deux fois, que l'aiguille ne doit jamais être touchée avec les mains et que la peau doit être soigneusement désinfectée avant l'injection.

• Des compresses appliquées sur la tuméfaction peuvent aider à faire mûrir l'abcès. On peut les imprégner d'un antiseptique classique comme l'Hexomédine® transcutanée ou avec de la teinture-mère de calendula.

• Des cataplasmes de farine de fénugrec ou d'oignon cuit accélèrent l'évolution vers l'écoulement.

Les plantes

• Pendant toute la durée de l'abcès, prendre 3 à 4 tasses par jour d'une infusion faite, à parts égales, de fumeterre, centaurée et bardane à raison d'une cuiller à café de chaque dans 250 cm^3 d'eau bouillante.

• L'échinacée, plante majeure dans la stimulation des défenses immunitaires, aide à lutter contre les récidives chez les personnes sujettes à la furonculose. Prendre 200 mg d'extrait sec 4 fois par jour (gélules ou comprimés), durant trois semaines par mois pendant plusieurs mois, en choisissant une préparation titrée à 3,5 %, au moins, d'échinacosides.

Homéopathie

• En attendant de consulter un médecin, dès le début des symptômes, prendre BELLADONNA 7 CH, APIS MELLIFICA 7 CH, PYROGENIUM 9 CH et HEPAR SULFUR 9 CH 1 granule toutes les demi-heures.

AIDE AU CHOIX

Commencer dès que possible l'automédication par l'homéopathie et la phytothérapie. La prescription éventuelle d'antibiotiques n'empêche pas de continuer ce traitement.

GENCIVES (AFFECTIONS)

Définition et causes

Depuis quelques jours, vous avez du sang dans la bouche après vous être brossé les dents. Vos gencives sont rouges, gonflées, et vous avez mauvaise haleine. Après réflexion, vous reconnaissez que depuis quelques mois vous avez négligé votre hygiène dentaire tout en augmentant votre consommation de tabac.

Les gencives peuvent, en effet, être le siège d'inflammations, fréquemment accompagnées de saignements, appelées gingivites aiguës ou chroniques. Mal soignées, elles peuvent évoluer vers une parodontite : la pyorrhée alvéolo-dentaire qui affecte la mâchoire et entraîne une résorption de l'os et un déchaussement des dents.

Les causes de ces affections sont, avant tout, une mauvaise hygiène bucco-dentaire qui entraîne un déséquilibre de la flore bactérienne de la bouche et des gencives. Elles peuvent être un signe précurseur de maladies plus graves, comme le diabète ou une leucémie.

Traitement officiel

Le détartrage régulier, chez le dentiste, tous les six mois, sous anesthésie locale, est le meilleur moyen de soigner une gingivite chronique. Il doit se faire en utilisant un appareil à ultrasons qui permet de débusquer le tartre caché au fond du sillon gingivo-dentaire.

L'eau oxygénée à 5 volumes est de plus en plus préconisée. En effet, elle détruit une grande partie des bactéries qui vivent dans le sillon entre la gencive et la dent et qui sont les agents de la déminéralisation progressive de l'os de la mâchoire. Il suffit de se rincer la bouche avec une gorgée de ce produit et de se brosser vigoureusement les dents aussitôt après avant de se rincer abondamment à l'eau claire.

RENFORCER LES DÉFENSES

Hygiène

• Le brossage de dents est la meilleure prévention et un des meilleurs traitements des gingivites. Il doit durer de 3 à 5 minutes (c'est long mais indispensable), deux ou trois fois par jour et intéresser les gencives aussi bien que les dents. Mais surtout, ayez de la persévérance, car cette pratique doit devenir une véritable habitude dont vous ne pourrez plus vous passer.

• Pour cela, utilisez des brosses classiques et aussi les petites brossettes interdentaires qui passent entre les dents et délogent les restes alimentaires de tous les recoins (le fil dentaire est également très efficace).

• N'oubliez pas de vous gratter la langue à l'aide de votre brosse ou de vos dents, car elle contient, dans le dépôt blanchâtre qui la recouvre, de très nombreuses bactéries qui vont aller s'installer sous vos gencives.

• Les brosses électriques et les jets dentaires sont également très performants pour enlever la plus grande partie du tartre qui s'est formé dans la journée.

• Il faut noter enfin que le dentifrice a une importance très limitée par rapport au brossage ! Vous pouvez même vous en passer : le résultat sera identique si vous consacrez les 3 à 5 minutes indispensables à cette opération capitale d'hygiène dentaire.

Précautions à prendre

• Il faut bannir le tabac et tous les alcools qui sont de grands ennemis des gencives.

• Votre dentiste doit également vérifier attentivement si vous ne souffrez pas d'un trouble de l'occlusion dentaire (vos dents ne s'emboîtent pas bien lorsque vous serrez les mâchoires) ou si vous portez un appareil défectueux.

• La mauvaise haleine est souvent due à une gingivite infectée.

Diététique

• Prenez l'habitude de manger un légume cru chaque jour. La mastication à l'aide des fibres qu'il contient a un grand pouvoir de nettoyage de vos dents et cela vous apporte aussi les molécules antioxydantes contenues dans tous les végétaux.

Les plantes

• Prenez des tisanes de sauge qui est un excellent cicatrisant pour vos gencives, 2 à 4 fois dans la journée : 20 g de fleurs et feuilles pour 1 litre d'eau bouillante, infusion 10 minutes, gardez au frigidaire pour boire pendant la journée.

• Brossez-vous les dents 2 fois par semaine avec du jus de citron.

• Utilisez les graines de fenouil comme fortifiant des gencives en brossage 2 à 3 fois par semaine. Faites-vous préparer par votre pharmacien à parts égales : semences de fenouil, charbon de peuplier et quinquina gris (formule de Jean Valnet).

• Enfin, utilisez l'échinacée, plante majeure dans la stimulation des défenses immunitaires, qui aidera l'organisme à rétablir un meilleur équilibre dans la flore bactérienne gingivale. Prendre 200 mg d'extrait sec 4 fois par jour (gélules ou comprimés), durant trois semaines par mois pendant plusieurs mois, en choisissant une préparation titrée à 3,5 %, au moins, d'échinacosides.

Nutrithérapie

• Prenez des compléments alimentaires qui contiennent du calcium assimilable pour augmenter la charge en calcium de vos os, par exemple : Oligocéan XTRA, à raison de 3 comprimés par jour, 2 mois sur 3.

• La vitamine E (prise sous forme de germe de blé) et la vitamine C (prise sous forme d'acérola), à raison de 2 gélules de chaque, 2 fois par jour, permettent de mieux lutter contre la surinfection.

Homéopathie

• Deux remèdes sont efficaces pour restaurer les gencives : MERCURIUS SOLUBILIS 7 CH et PHOSPHORUS 9 CH, 1 granule 6 fois par jour, à espacer selon l'amélioration mais à continuer à raison de 3 fois par jour pendant des semaines.

• En cas de menace d'abcès, ajouter HEPAR SULFUR 9 CH, 1 granule matin et soir.

• Classiquement, l'homéopathie utilise comme antiseptique un mélange à parts égales de CALENDULA TM et PHYTOLACCA TM. Mettre 20 gouttes de cette teinture-mère dans un demi-verre d'eau et se rincer soigneusement la bouche.

AIDE AU CHOIX

Traiter la gingivite est une urgence pour sauver vos dents. Détartrage soigneux, brossage long et systématique, eau oxygénée et remèdes naturels sont les garants de leur bonne santé.

GRIPPE

Définition et causes

Maladie épidémique virale due à deux *Myxovirus inflenzae* (*A* et *B*), la grippe immobilise, dans le monde, chaque année, des dizaines de millions d'êtres humains. Elle se manifeste par un début brutal avec un malaise intense, des douleurs diffuses dans tout le corps, des frissons, des maux de tête et une fièvre variable. Le sujet, très fatigué, apathique, doit s'aliter. Peu à peu, le nez se bouche ou coule, une petite toux sèche s'installe, la langue devient chargée et l'appétit disparaît. Une amélioration survient au bout de 4 ou 5 jours. Elle est suivie d'une rechute. Après une nouvelle semaine de repos, la vie normale peut reprendre mais il persiste souvent une grande fatigue physique et intellectuelle.

Certaines formes de grippe peuvent être plus graves avec atteinte pulmonaire et risque mortel chez les sujets fragilisés : personnes âgées en mauvais état général, cardiaques, cancéreux en cours de traitement, sujets immunodéprimés.

Certaines grandes pandémies (épidémie à l'échelle de la planète) de grippe furent particulièrement meurtrières : celle de 1918 fit plus de 20 millions de morts dans le monde !

Traitement officiel

Le zanamivir (Relenza®) est la première molécule, très récemment mise sur le marché, qui présente une réelle activité contre les deux types du virus mais il faut prendre le traitement au tout début de l'infection. Le médicament est déconseillé avant l'âge de 12 ans.

Deux autres molécules, l'amantadine (Mantadix®) et la rimantadine (Roflual®), sont capables de ralentir la multiplication du seul *Myxovirus A.* Elles sont utilisées depuis une dizaine d'années chez les sujets à risque.

En automédication, l'utilisation d'aspirine ou de paracétamol est préconisée pour lutter contre la fièvre et les douleurs musculaires. Il faut préférer le second au premier qui a des effets secondaires anticoagulants et peut donc facilement faire saigner des sujets sensibles. On peut prendre : Efferalgan®, 2 à 8 comprimés à 500 mg, ou Dafalgan®, 2 à 8 gélules à 500 mg par jour, ou Efferalgan Vitamine C®, 2 à 8 comprimés par jour.

Des remèdes antitussifs sont prescrits contre la toux sèche si elle est trop intense (voir le chapitre « Toux »).

Les antibiotiques ne devraient être prescrits qu'en cas de surinfection. Ils sont trop souvent prescrits en première intention alors qu'ils n'ont aucun effet sur le virus.

Prévention

Un nouveau vaccin antigrippal est proposé chaque année. En effet, les virus de la grippe ont la redoutable capacité de muter rapidement, c'est-à-dire de se transformer suffisamment pour que les défenses immunitaires de notre organisme ne puissent plus les reconnaître d'une année sur l'autre. On comprend donc qu'il faille, chaque année, dès le début de la pandémie, isoler le nouveau virus mutant et fabriquer très vite des dizaines de millions de doses de vaccin.

Ce vaccin n'a pas un pouvoir protecteur absolu. Il est cependant classiquement recommandé chez tous les sujets de plus de 70 ans, chez les malades atteints d'une affection grave (diabète, maladie cardiaque ou insuffisance respiratoire par exemple) et chez les professionnels de santé qui sont particulièrement exposés.

Renforcer les défenses

Conseils d'hygiène

• Rester au chaud et boire beaucoup de liquide (2 litres par jour si possible), de préférence des jus de légumes et des jus de fruits, notamment des jus d'agrumes (citrons et oranges).

Diététique

• La grippe n'impose pas la diète, bien au contraire, et le fameux proverbe populaire qui dit : « Il faut nourrir la grippe » est plein de bon sens. Vous pouvez donc manger ce que vous voulez mais le plus souvent, au début de la maladie, le manque d'appétit vous limite à un repas léger.

Précautions à prendre

• Attention : il faut éviter les surinfections bactériennes qui peuvent conduire à de redoutables pneumonies. Huit jours de repos sans quitter son domicile sont le meilleur moyen de ne pas prendre ce risque.

Les plantes

• Ail, fenouil et citron doivent être consommés pour renforcer vos défenses en période d'épidémie.

• De même, l'échinacée, plante majeure dans la stimulation des défenses immunitaires, aidera l'organisme à se prémunir. Prendre 200 mg d'extrait sec 4 fois par jour (gélules ou comprimés), durant trois semaines par mois à partir du mois d'octobre jusqu'au mois de janvier, en choisissant une préparation titrée à 3,5 %, au moins, d'échinacosides.

• À titre curatif, les tisanes de cyprès, eucalyptus, thym, lavande, sauge, menthe, pin sont recommandées, à choisir selon les goûts de chacun, à raison de 2 à 4 grandes tasses par jour.

• À titre préventif également, Climarome, mélange d'huiles essentielles de lavande, niaouli, pin, menthe et thym, peut être utilisé en inhalation (quelques gouttes sur un mouchoir que vous respirez plusieurs fois par jour) ou en léger massage sur le corps (région du cou et poitrine).

Homéopathie

• Dès les premiers symptômes, prendre 10 granules de SÉRUM DE YERSIN 15 CH, et, aussitôt après, associer les remèdes les plus probables, à haute dilution : GELSEMIUM 15 CH, EUPATORIUM 15 CH, BRYONIA ALBA 15 CH, RHUS TOXICODENDRON 15 CH, à raison de 1 granule de chaque 6 fois par jour.

• Concernant les maux de gorge, la rhinite et la toux, la meilleure association est : FERRUM PHOSPHORICUM 7 CH, BELLADONNA 7 CH, ALLIUM CEPA 7 CH, 1 granule de chaque toutes les 2 heures, espacer selon amélioration.

Vaccins

• Il n'y a pas de vaccins homéopathiques au sens classique du terme. Pour les personnes âgées auxquelles le vaccin classique est proposé gratuitement chaque année, faire prendre la veille et le lendemain de la vaccination 10 granules de THUYA 15 CH.

Prévention

• Il existe un excellent moyen de prévenir la grippe grâce à un remède homéopathique : le SÉRUM DE YERSIN 15 CH, 10 granules tous les 15 jours de début octobre jusqu'à fin février.

AIDE AU CHOIX

Pour la grippe, homéopathie et phytothérapie sont les méthodes reines.

HERPÈS

DÉFINITION ET CAUSES

Plusieurs scénarios peuvent évoquer le début de la crise d'herpès. Une démangeaison bizarre et suspecte, au réveil, légèrement au-dessus de la lèvre supérieure, presque une brûlure, une sensation qui rappelle de mauvais souvenirs, à l'occasion de vacances au soleil, à la même époque, avec pour résultat un énorme « bouton de fièvre ». Ou bien un réveil en milieu de nuit chez un bon dormeur habituel, avec une douleur sourde au niveau de la partie postérieure de la cuisse gauche et l'apparition d'un bouquet de petites vésicules sur le prépuce.

Qu'il soit labial ou génital, l'herpès frappe sans prévenir et récidive brutalement, apportant avec lui la certitude de gâcher vos vacances ou votre vie amoureuse.

La maladie herpétique

L'herpès est dû à deux virus, aujourd'hui parfaitement identifiés. Le HSV1 (*Herpès virus 1*), responsable des éruptions de la partie haute du corps, notamment de l'herpès labial, et le HSV2 (*Herpès virus 2*), responsable de l'herpès génital.

C'est une maladie très contagieuse qui touche 10 millions de personnes en France. La contamination est strictement inter-humaine par contacts directs et l'homme est le seul réservoir pour les deux types de virus. Elle se produit, dans plus de 50 % des cas, de façon inapparente, sans symptômes. Mais le virus s'installe définitivement dans l'organisme, à l'intérieur d'une cellule nerveuse, et reste au repos dans un état appelé phase de latence. À l'occasion d'une stimulation extérieure, comme l'exposition au soleil, ou psychique comme un stress, il peut y avoir réactivation du virus qui recommence à se multiplier et ressurgit sur la peau ou la muqueuse à l'intérieur de petites vésicules.

La maladie n'est pas grave chez les sujets qui ont des défenses immunitaires normales. Cependant, les récurrences d'herpès génital sont très handicapantes pour la vie sexuelle et peuvent conduire à des états dépressifs. L'herpès peut devenir mortel chez des sujets aux défenses diminuées (sidéens, cancéreux, personnes âgées).

Traitement officiel

Pendant longtemps, la médecine dite scientifique est restée sans explication et sans armes devant l'herpès, car la cause de cette maladie était inconnue. Il fallut attendre les années 1960 pour que le virus soit identifié.

Depuis 1985, nous avons à notre disposition le premier produit réellement actif contre un virus : l'aciclovir (Zovirax®). Il sera prescrit par un médecin en fonction de chaque situation particulière.

Les crèmes à l'aciclovir appliquées au stade des prodromes (signes précurseurs apparaissant avant les vésicules), en automédication, permettent de faire avorter la crise.

Le problème de la mise au point d'un vaccin contre l'herpès se heurte au phénomène de la latence. Il est en effet difficile de concevoir un produit capable de faire mieux, pour stimuler les défenses, que le virus lui-même, qui reste latent, à vie, dans les cellules nerveuses. Toutes les tentatives sont restées, pour le moment, sans résultats probants.

La contagiosité de l'herpès n'est pas liée uniquement à la présence de vésicules. On peut trouver du virus dans la salive en dehors de toute crise et la contamination est alors possible. Il en est de même dans les sécrétions vaginales et l'herpès génital peut donc se passer en l'absence de lésions.

Renforcer les défenses

Hygiène

• La connaissance d'une récurrence herpétique génitale impose le port de préservatifs lors de tous les rapports sexuels.

• Il faut éviter de recouvrir les vésicules herpétiques à l'aide d'épaisses couches de crème pour atténuer le côté inesthétique. La lésion risque de macérer sous le cosmétique.

• Il faut également éviter de gratter les lésions.

• Réduire la fatigue et le stress sont deux moyens très efficaces de rendre votre herpès moins virulent.

Précautions à prendre

• Les tableaux cliniques décrits ci-dessus sont évidemment très évocateurs de la crise d'herpès. Cependant, le diagnostic définitif ne peut être affirmé qu'à la suite d'un prélèvement de la vésicule (le bouton de fièvre) avec mise en culture et recherche du virus responsable. Cette identification est généralement effectuée dans des laboratoires spécialisés, hospitaliers ou de ville, et requiert un bonne connaissance des techniques de la virologie.

• Attention : les femmes qui présentent des crises d'herpès génital doivent être particulièrement vigilantes lors d'un accouchement. En effet, le bébé peut se contaminer en traversant la filière génitale et développer une redoutable méningo-encéphalite qui peut être mortelle ou laisser des séquelles en l'absence de traitement par le Zovirax. C'est pourquoi on préfère souvent faire naître l'enfant par césarienne dans les cas où la contamination de la mère est avérée.

• Attention : en cas d'herpès labial, ne pas humecter ses lentilles oculaires avec de la salive au risque de déclencher un herpès oculaire beaucoup plus grave.

• Attention : l'application de pommades contenant des corticoïdes est contre-indiquée. Cela risque de faire « flamber » la poussée et de la voir se généraliser.

Localement

• Un moyen encore plus simple que la crème à l'aciclovir consiste à approcher de la partie de peau ou de muqueuse qui se manifeste un objet incandescent (une cigarette d'armoise allumée, par exemple, ou une simple cigarette de tabac) et de supporter la chaleur jusqu'à la limite de la brûlure. Répétée plusieurs fois, cette opération tue dans l'œuf, en quelque sorte, la poussée en détruisant les virus qui n'aiment pas du tout les températures supérieures à 38,5°.

Nutrithérapie

• Deux produits qui apportent de nombreux micronutriments sont utiles pour éviter les récidives des crises d'herpès : Oligocean, 2 comprimés par jour, et Oligoforme 6, 1 comprimé par jour, 20 jour par mois, pendant des mois.

• La prise de vitamine C à fortes doses, au moins 2 à 3 grammes par jour, aurait également un effet préventif. Il faut alors choisir de préférence de la vitamine C naturelle sous forme d'acérola.

• On peut aussi absorber 200 mg de flavonoïdes 2 fois par jour.

Les plantes

• L'échinacée est une plante majeure dans la stimulation des défenses immunitaires contre les maladies infectieuses. Prendre 100 mg d'extrait sec 4 fois par jour (gélules ou comprimés) en choisissant une préparation titrée à 3,5 % au moins d'échinacosides.

• Le millepertuis est un bon complément de l'échinacée. Prendre 2 tasses d'infusion par jour.

Homéopathie

La crise d'herpès répond bien à l'homéopathie à condition de commencer le traitement dès les premiers symptômes, avant l'apparition des petites vésicules, lorsque la peau démange ou pique.

• Prendre alors : VACCINOTOXINUM 15 CH, 10 granules suivis de APIS MELLIFICA 15 CH, 1 granule tous les quarts d'heure pendant 2 heures. Si les vésicules apparaissent, ajouter : RHUS TOXICODENDRON 7 CH, 1 granule 6 fois par jour.

• Si l'herpès est génital, ajouter CROTON TIGLIUM 7 CH, au moment de la prise de RHUS TOXICODENDRON 7 CH.

• Pour espacer la survenue des crises, prendre : VACCINOTOXINUM 30 CH, 10 granules tous les 15 jours pendant plusieurs mois.

AIDE AU CHOIX

Une combinaison judicieuse de l'homéopathie, de la nutrithérapie, des plantes et du Zovirax donne d'excellents résultats.

ŒIL (INFECTIONS)

DÉFINITION ET CAUSES

Les infections habituelles de l'œil sont la conjonctivite, atteinte de la muqueuse des paupières, la blépharite, qui touche le bord des paupières, et l'orgelet, petit furoncle centré sur un cil. Les virus et les bactéries sont les agents de ces affections habituellement bénignes mais très gênantes.

TRAITEMENT OFFICIEL

La prescription de collyres antibiotiques est la règle en médecine allopathique. Ils sont cependant inefficaces si la cause de l'infection est virale. Ils devraient être réservés au cas où la présence de pus en abondance évoque l'origine bactérienne.

RENFORCER LES DÉFENSES

Hygiène

• Si vous portez des lentilles, retirez-les immédiatement.

Nutrithérapie

• La vitamine C à raison de 200 mg, 2 fois par jour à prendre sous forme naturelle d'acérola.

Les plantes

Deux plantes sont très efficaces pour traiter les infections de l'œil.

• L'euphraise est utilisée à raison d'une cuiller à café de plante séchée en infusion, 10 minutes, dans un demi-litre d'eau bouillie. Baigner l'œil 3 fois par jour à l'aide de ce liquide.

• La camomille est employée à raison de 2 à 3 cuillers à café de plante séchée en infusion, 10 minutes, dans un quart de litre d'eau bouillie. Baigner l'œil 3 fois par jour.

Ces deux préparations ne doivent pas être conservées plus de 24 heures à la température ambiante dans un récipient fermé. On peut les utiliser en alternance.

Homéopathie

• Pour les conjonctivites, prendre APIS MELLIFICA 9 CH, BELLADONNA 5 CH et EUPHRASIA 5 CH, 1 granule de chaque, 8 fois par jour pendant la durée de l'affection.

• Pour les blépharites et les orgelets, prendre PULSATILLA 5 CH et HEPAR SULFUR 15 CH, 1 granule 8 fois par jour pendant la durée de l'affection.

AIDE AU CHOIX

L'association d'un collyre antibiotique avec les plantes et l'homéopathie permet d'avoir un résultat très rapide et d'éviter les récidives.

ONGLES (INFECTIONS)

DÉFINITION ET CAUSES

Il s'agit d'infections provoquée par des champignons microscopiques. Elles sont plus fréquentes au pied où l'humidité entretient une macération favorable à leur développement.

L'ongle devient cassant, épaissit, change de couleur par plaques et pousse plus lentement en se déformant.

TRAITEMENT OFFICIEL

Des antibiotiques locaux sont actifs, comme le Locéryl®, mais ils doivent être prescrits longtemps (6 à 9 mois à raison d'1 à 2 application par semaine, car le produit a des difficultés à pénétrer dans l'ongle malade et donc à atteindre les germes).

Les antibiotiques par voie générale peuvent être prescrits pendant 6 semaines. Ce traitement est efficace mais son succès implique une bonne observance et l'application de règles d'hygiène stricte pour éviter les rechutes. Sa mise en œuvre passe par la consultation d'un dermatologue qui prescrira les remèdes les plus adaptés aussi bien en applications locales que par prise orale si nécessaire.

RENFORCER LES DÉFENSES

Nutrithérapie

• Les vitamines du groupe B sont très importantes pour la croissance des ongles. Pendre de la levure de bière du commerce qui les contient toutes, 2 comprimés ou 2 gélules par jour, ou le complément alimentaire Microlev qui les apporte sous une forme microdosée.

• La vitamine C à raison de 200 mg, 2 fois par jour de préférence sous forme naturelle d'acérola, associée à la vitamine

E sous la forme de 2 comprimés ou gélules de germe de blé par jour, favorise aussi la repousse de l'ongle sain.

• Les huiles d'onagre (100 mg trois fois par jour) et les huiles de poissons (2 cuillers à café par jour, soir 600 mg d'acides gras oméga-3), riches en acides gras essentiels, sont des facteurs de croissance très efficaces pour les ongles.

Les plantes

• En traitement local, utiliser des applications d'huile essentielle d'arbre à thé ou d'huile essentielle d'ail. On peut alterner ces plantes avec de la pommade au calendula.

Homéopathie

• Prendre ANTIMONIUM CRUDUM 7 CH et GRAPHITES 9 CH, 1 granule 3 fois par jour.

• Entre les crises pour traiter le terrain, prendre 10 granules en alternance, chaque semaine, de CANDIDA ALBICANS 15 CH et PSORINUM 15 CH.

AIDE AU CHOIX

Plantes, nutrithérapie et homéopathie doivent être utilisées avant tout traitement antibiotique.

OTITES

Définition et causes

Ce terme définit toutes les atteintes inflammatoires de l'oreille, qu'il s'agisse de la partie externe du conduit auditif, de sa partie moyenne ou interne. Très fréquentes chez l'enfant, elles sont dues à des infections et les germes responsables sont parfois résistants à certains antibiotiques, ce qui implique un suivi du traitement. En effet, les complications de l'otite sont rares mais très graves : méningites ou mastoïdites.

Le recours au médecin est un bon réflexe car cette affection est banale mais pas forcément bénigne.

Les germes les plus fréquemment rencontrés dans les otites moyennes aiguës de l'enfant sont : les streptocoques, les pneumocoques, les staphylocoques et les *Haemophilus*.

En cas de douleurs très violentes lors d'une otite suppurée, une paracentèse peut être nécessaire. Elle consiste en l'incision du tympan à l'aide d'une petite lancette, ce qui permet l'aspiration des sécrétions purulentes situées derrière celui-ci. Elle sera toujours pratiquée par un spécialiste O.R.L., sous anesthésie chez l'enfant.

Les séquelles des otites de l'enfant sont malheureusement trop fréquentes : il s'agit de baisses de l'acuité auditive dues à des diagnostics tardifs, à une mauvaise surveillance du traitement ou à une prescription inefficace d'antibiotiques.

Traitement officiel

En attendant le médecin, on peut donner en automédication à l'enfant des antalgiques antipyrétiques comme le paracétamol ou l'aspirine : Aspégic®, 0,5 à 1 g par jour, Catalgine®, 0,5 à 1 g par jour, Efferalgan®, 1 à 4 comprimés à 500 mg, Dafalgan®, 1 à 4 gélules à 500 mg par jour, ou Efferalgan Vitamine C®, 1 à 4 comprimés par jour.

Cependant, la plupart des otites doivent être traitées par les antibiotiques mais le médecin décidera, à l'examen du tympan, s'il peut se contenter de médicaments anti-inflammatoires (Nifluril®) et de gouttes auriculaires antalgiques (Panotile®).

Ce traitement doit rapidement donner des résultats en 24 à 48 heures, sinon il doit être changé. En effet, il est impossible de faire des prélèvements d'oreille à tous les enfants atteints d'otites. De plus, les résultats ne seraient pas toujours interprétables et, enfin, ils seraient longs à venir. Cette vigilance concernant l'évolution de la maladie permet souvent d'éviter les séquelles de surdité qui sont, à distance, le grand risque des otites à répétition.

Les otites de l'adulte doivent être abordées de la même façon en doublant les doses de paracétamol et d'aspirine.

Renforcer les défenses

Hygiène

• Toujours éviter de se nettoyer les oreilles à l'aide de Coton-tiges qui risquent d'irriter le conduit auditif, de refouler le cérumen vers le tympan et de faire le lit d'une infection. La douche suffit à rendre propre le conduit auditif.

Précautions à prendre

• Ne rien mettre dans l'oreille sans l'avis d'un médecin. L'instillation de gouttes peut être dangereuse en cas de perforation du tympan. Certains antibiotiques comme ceux de la famille des « aminosides » (Gentamycine®, Streptomycine®) ou la polymyxine B® ne sont pas sans risques pour l'audition.

• Attention : les otites récidivantes peuvent mettre en danger l'acuité de l'audition. Elles peuvent être traitées par un médecin homéopathe à l'aide des remèdes de terrain.

Les plantes

• L'échinacée est une plante majeure dans la stimulation des défenses immunitaires contre les maladies infectieuses et singulièrement contre les otites. Prendre 100 mg d'extrait sec 4 fois par jour (gélules ou comprimés) en choisissant une préparation titrée à 3,5 % au moins d'échinacosides.

• Climarome, mélange d'huiles essentielles de plantes, doit être utilisé à titre préventif : frotter le thorax et le cou de l'enfant avec quelques gouttes du produit, 2 fois par jour.

• Pour les adultes, le citron et l'ail sous toutes leur formes sont conseillés pour leurs vertus antiseptiques.

• Les huiles essentielles de niaouli et de cajeput, 2 à 3 gouttes mélangées à une cuiller à soupe de miel, 2 à 3 fois par jour, peuvent être prises en complément de tout traitement, pendant la maladie.

Homéopathie

Les remèdes homéopathiques peuvent toujours être donnés, seuls, en attendant le médecin ou en association avec les antibiotiques.

• Otites prises au début : ACONITUM NAPELLUS 7 CH, FERRUM PHOSPHORICUM 7 CH, BELLADONNA 7 CH : 1 granule de chaque 6 fois par jour.

• Après 24 à 48 heures d'évolution : arrêter ACONITUM NAPELLUS 7 CH et ajouter CAPSICUM 7 CH et ARSENICUM ALBUM 7 CH, 1 granule de chaque, 6 fois par jour.

AIDE AU CHOIX

Les antibiotiques sont ici très souvent nécessaires compte tenu des risques de complications et de séquelles, mais les remèdes naturels permettront d'espacer voire de supprimer les récidives.

PIED D'ATHLÈTE

DÉFINITION ET CAUSES

C'est la mycose cutanée la plus fréquente qui se manifeste entre les orteils et provoque des démangeaisons aiguës et des crevasses douloureuses. Elle est due, le plus souvent, à un champignon du genre *Trichophyton*.

TRAITEMENT OFFICIEL

Il est à base d'antibiotiques antifongiques. Le traitement est long et coûteux et les récidives fréquentes.

RENFORCER LES DÉFENSES

Nutrithérapie

• La vitamine C à raison de 200 mg, 2 fois par jour de préférence sous forme naturelle d'acérola, associée à la vitamine E, sous la forme de 2 comprimés ou gélules de germe de blé par jour, favorise aussi la repousse de l'ongle sain.

Les plantes

• En traitement local, utiliser des applications d'huile essentielle d'arbre à thé ou d'huile essentielle d'ail. On peut alterner ces plantes avec de la pommade au calendula.

Homéopathie

• Prendre NITRICUM ACIDUM 9 CH et GRAPHITES 15 CH, 1 granule, 3 fois par jour.

• Entre les crises pour traiter le terrain, prendre 10 granules en alternance, chaque semaine, de TRICOPHYTON RUBRUM 15 CH et PSORINUM 15 CH.

AIDE AU CHOIX

Toujours utiliser les moyens naturels avant de prendre des antibiotiques.

PIQÛRES D'INSECTES

DÉFINITION ET CAUSES

Les piqûres d'insectes font partie des cas pratiques expliqués dans ce livre parce qu'elles provoquent toujours des réactions importantes du système immunitaire soit du fait d'une réponse allergique, soit parce qu'elles induisent une infection secondaire.

En effet, avec les piqûres d'insectes, nous avons affaire à un événement qui semble anodin mais qui peut parfois tourner au drame. Les hyménoptères (abeilles, guêpes et frelons) sont les plus dangereux car ils inoculent du venin sous la peau. En France, les piqûres d'abeilles tuent plus que les morsures de serpents !

Le plus souvent, vous observerez une réaction locale autour du point de piqûre faite d'une rougeur avec gonflement qui persiste entre 24 et 48 heures. Avec des soins locaux, les choses rentrent dans l'ordre sans autres problèmes.

Parfois, la réaction est d'ordre général du fait de la quantité de venin injecté. Il faut savoir qu'à cet égard, une piqûre de frelon égale 30 piqûres de guêpes ou 125 piqûres d'abeilles ! On observe alors un choc neurotoxique dû à la quantité de venin injecté, qui est toujours très grave chez les sujets sensibilisés par une précédente piqûre et devenus allergiques. Dans les 10 à 20 minutes qui suivent la ou les piqûres, on voit apparaître une urticaire généralisée, un œdème du visage, une gêne respiratoire, un malaise avec chute de tension et parfois une syncope qui peut conduire à la mort. On a affaire à un choc anaphylactique.

TRAITEMENT OFFICIEL

Après avoir éliminé ou chassé les insectes, allongez le blessé s'il présente un malaise, desserrez col, cravate et ceinture, positionnez la tête en arrière pour libérer la respiration et faites un examen attentif à la recherche des points de piqûre tout en prenant le pouls. Si vous observez un œdème important dans la région du visage et du cou et, a fortiori, s'il y a eu piqûre dans la bouche et si le sujet est allergique, alertez immédiatement les secours car il y a un grand risque d'œdème de Quincke fréquemment mortel en l'absence de soins intensifs immédiats. La cortisone est alors l'un des remèdes d'urgence, suivi de réanimation en milieu hospitalier si la défaillance cardio-respiratoire est trop sévère.

Toujours vérifier la validité de la vaccination antitétanique.

Dans les cas bénins, surveiller, dans les jours qui suivent, l'absence de surinfection qui peut se manifester localement par l'augmentation des rougeurs et de l'œdème et, au niveau d'un membre, par l'apparition d'un cordon rouge sous la peau qui conduit à l'aine ou à l'aisselle où l'on peut palper un ganglion lymphatique réactionnel. Une telle complication sera traitée par les antibiotiques.

En finir avec les idées reçues

Le frelon n'est pas attiré par les sucreries car il se nourrit d'insectes. Le risque de piqûre est donc mineur si on ne se promène pas autour d'un nid.

Les abeilles ne piquent qu'une fois car leur dard reste dans la peau. En revanche, guêpes et frelons peuvent piquer plusieurs fois.

Renforcer les défenses

Hygiène

• Les insectes piqueurs préfèrent les couleurs foncées. Un bon moyen de les éloigner consiste donc à s'habiller de blanc ou de vêtements clairs.

• Ils sont également attirés par les parfums et eaux de toilette que chacun utilise parfois abondamment. En été, il est préférable de les utiliser avec discrétion au risque, dans le cas contraire, d'être pris pour une fleur à butiner !

Précautions à prendre

• En cas de présence d'un nid de frelons qui peut en compter plusieurs dizaines, n'hésitez pas à appeler les pompiers qui le détruiront.

• L'été, il importe d'être particulièrement vigilant lors des pique-niques ou des repas pris à l'extérieur. Les sucreries, la confiture, les sodas, le Coca-cola, les fruits, certains légumes, les sauces attirent les guêpes et les abeilles qui souhaitent partager les agapes. Il est facile de se faire piquer dans ces situations et le risque est majoré pour les jeunes enfants qui peuvent prendre dans la bouche un de ces hôtes indésirables. Attention notamment aux sucettes !

• Si vous êtes poursuivi par un groupe d'abeilles que vous avez importunées en approchant leur ruche de trop près, le salut est dans la fuite. Réfugiez-vous dans une maison aux ouvertures closes, dans l'eau (mer, lac ou rivière) ou sous les bois car les insectes ont plus de mal à s'y repérer et à s'y diriger.

• Si vous écrasez une guêpe, jetez-la immédiatement loin de vous car l'odeur de son venin dispersé dans l'atmosphère attire ses congénères qui viendront bientôt vous harceler.

Localement

• Enlever le dard s'il est présent, à l'aide d'une pince à épiler. Laver à l'eau et au savon et désinfecter.

• Pour neutraliser le venin, il faut agir rapidement. Pour cela, appliquer, sur la plaie, un coton imbibé d'eau de javel ou, mieux, approcher du point de piqûre (sans brûler la peau) le bout incandescent d'une cigarette ou une autre source de chaleur, pendant 1 ou 2 minutes. Un glaçon (mais on en trouve rarement sous la main lorsqu'on est en promenade !) ou de l'eau très froide (d'un torrent par exemple) appliqués aussitôt après empêchent la diffusion du poison résiduel.

• L'ammoniaque, appliqué immédiatement sur la piqûre, atténue fréquemment la douleur et l'inflammation. Les randonneurs devraient en avoir un petit flacon avec eux mais sa forte volatilité rend difficile sa conservation.

Les plantes

• Une spécialité constituée d'un mélange d'huiles essentielles (lavandin, niaouli, cyprès, romarin, sauge, géranium, thym, eucalyptus), le Tégarome, donne d'excellents résultats en application immédiate par friction et à l'aide d'une compresse stérile imbibée du produit, maintenue pendant 24 heures.

• On peut aussi utiliser : quelques gouttes d'huile essentielle de lavande ou de l'arbre à thé en massages locaux, 3 à 4 fois par jour pour calmer la douleur et hâter le retour à la normale.

• L'échinacée, plante majeure dans la stimulation des défenses immunitaires contre les maladies infectieuses, peut être utilisée pour prévenir les réactions aux piqûres d'insectes. Prendre 100 mg d'extrait sec 4 fois par jour (gélules ou comprimés) en choisissant une préparation titrée à 3,5 % au moins d'échinacosides.

Nutrithérapie

• Une supplémentation en zinc semble éloigner les insectes. Pour les personnes sensibles ou allergiques, prendre 5 à 10 mg de zinc par jour.

• La vitamine C à raison de 200 mg, 4 fois par jour, sous forme naturelle d'acérola et la quercétine, flavonoïde antioxydant, à raison de 500 mg 2 fois par jour, aident à combattre l'inflammation.

Homéopathie

• Toutes les piqûres d'insectes (abeilles, guêpes, frelons, moustiques, taons, etc.) sont améliorées par les remèdes homéopathiques : APIS MELLIFICA 15 CH, LEDUM PALUSTRE 7 CH : 1 granule de chaque, tous les quarts d'heure, à espacer en fonction de l'amélioration. En cas de piqûre dans la bouche, au cou et au visage, il faut donner ces remèdes en continu en répétant l'administration d'1 granule dans la bouche en attendant les secours.

À titre préventif contre les piqûres de moustiques, prendre LEDUM PALUSTRE 7 CH, 1 granule matin et soir pendant la période d'exposition.

AIDE AU CHOIX

Incident apparemment bénin qui peut tourner au drame, la piqûre d'hyménoptère mérite une grande attention et des soins intensifs en cas d'œdème important, notamment au niveau de la gorge, et chez les sujets allergiques.

Toute personne risquant une piqûre d'insecte devrait avoir à disponibilité un antihistaminique type Polaramine repetabs® et en prendre 1 comprimé en cas de piqûre.

RHUMES

Définition et causes

Plus communément appelé « rhume de cerveau », cette affection virale (plus de 200 virus différents, répartis en 4 familles, dont la principale est celle des rhinovirus) se caractérise par l'apparition simultanée de plusieurs symptômes : nez bouché ou nez qui coule, congestion de toute la face, maux de tête, gorge douloureuse, toux irritative, frissons, pas de fièvre ou fièvre légère et gêne importante pour le travail intellectuel.

Le début est brutal avec éternuements en salve, picotements du nez et du pharynx, mal de tête et écoulement d'un liquide clair (rhinorrhée), fluide et abondant par les narines.

L'évolution se fait vers une amélioration générale sur 8 à 10 jours tandis que les sécrétions s'épaississent et peuvent devenir jaunâtres, muco-purulentes par surinfection.

Traitement officiel

Il n'y a aucun remède actif contre les virus qui déclenchent le rhume. Contrairement aux bactéries qui sont, le plus souvent, rapidement détruites par les antibiotiques, la plupart des virus sont encore hors de portée thérapeutique.

Cependant, pour diminuer la congestion (et donc améliorer le travail intellectuel), il existe en automédication plusieurs remèdes très efficaces : Rhinadvil® ou Rhinureflex®, 2 comprimés dès les premiers symptômes à renouveler si nécessaire quelques heures après (ne pas dépasser 4 comprimés par 24 heures) ; Rhinalair L.P. 120 mg®, 1 gélule matin et soir (ne pas dépasser 5 jours) ; Sudafed®, 1 comprimé 3 fois par jour ; Broncorinol®, 1 à 2 gélules, 3 fois par jour ; Neocitran®, 1 sachet, 2 à 3 fois par jour.

Les antihistaminiques de prescription comme la Polaramine® ne font pas beaucoup mieux que les remèdes en vente libre précédents et, de plus, induisent de la somnolence !

Enfin, selon les symptômes, des antitussifs, des anti-pyrétiques ou des antibiotiques en cas de complication en sinusite (voir le chapitre « Sinusite ») seront utilisés.

Renforcer les défenses

Hygiène

• Boire abondamment et arrêter de fumer. Un des meilleurs breuvages possible est le bouillon de poulet qui a des vertus pour décongestionner les voies nasales, accélérer l'écoulement et donc éliminer les virus.

• Se moucher aussi souvent que possible, une narine après l'autre, en utilisant de préférence un mouchoir jetable en papier.

• Éviter de renifler car cela entretient le rhume.

Précautions à prendre

• Restez au chaud, mais ne surchauffez pas l'habitation. Une atmosphère très sèche aggrave la rhinorrhée. Il est donc utile d'humidifier l'atmosphère.

• Essayez de maintenir à l'écart les personnes à risques comme les nouveau-nés, les personnes âgées, les malades sous traitement qui déprime l'immunité (médicaments du cancer ou des leucémies). Il faut en effet se rappeler que les très petites gouttelettes émises par votre bouche lorsque vous parlez ou, a fortiori, lorsque vous éternuez, sont projetées à plus d'un mètre de distance et peuvent donc contaminer votre entourage.

• Si les rhumes surviennent très fréquemment, pensez à une cause allergique. En effet, en induisant une sécrétion permanente des muqueuses de la gorge, l'allergie favorise l'implantation des virus.

Localement

• N'utilisez comme traitement local, pour le nez, que du sérum physiologique. Évitez les gouttes nasales vasoconstrictrices qui débouchent momentanément le nez et aggravent, par la suite, les symptômes.

• Les inhalations (Balsofumine®, Fumigalène®) sont des pratiques de grand-mères qui demeurent efficaces pour décongestionner. Il s'agit d'un mélange d'huiles essentielles de plantes versé dans un bol d'eau bouillante. Une simple serviette permet de maintenir le visage dans le flux de vapeur.

Nutrithérapie

• Prendre un complément alimentaire type antioxydant comme Oligoforme 6, 1 comprimé 6 fois par jour, pendant 5 jours.

• La vitamine C à raison de 200 mg, 4 fois par jour, sous forme naturelle d'acérola, aide à combattre l'inflammation des muqueuses.

Les plantes

• L'échinacée est une plante majeure dans la stimulation des défenses immunitaires contre les maladies infectieuses et singulièrement contre les rhumes. Prendre 100 mg d'extrait sec 4 fois par jour (gélules ou comprimés) en choisissant une préparation titrée à 3,5 % au moins d'échinacosides.

• Diffuser de l'huile essentielle d'eucalyptus dans l'atmosphère à l'aide d'un petit vaporisateur électrique.

• Dès les premiers symptômes, prendre régulièrement des infusions de camomille à raison de 8 têtes (fleurs sèches) pour une tasse de 250 cm^3 d'eau bouillante. On peut ainsi stopper tout le processus de l'infection.

• Par la suite, prendre plusieurs fois par jour, en alternance, des tisanes de pin, de lavande et de sarriette, 1 cuiller à dessert dans une tasse de 250 cm^3 d'eau bouillante, 10 minutes en infusion.

Homéopathie

• Dès les premiers symptômes : 1 granule tous les quarts d'heure, à espacer selon l'amélioration, de : ALLIUM CEPA 5 CH, EUPHRASIA 5 CH, FERRUM PHOSPHORICUM 7 CH.

• Selon les circonstances, ajouter à la même posologie :

- si la fièvre s'installe avec gorge rouge et sèche : BELLADONNA 7 CH.
- avec éternuements et sensation de froid intense : CAMPHORA 5 CH.
- sécrétions abondantes et douleurs à la racine du nez : KALIUM IODATUM 5 CH.
- le nez coule le jour mais est bouché la nuit : NUX VOMICA 7 CH.
- présence de croûtes jaune verdâtre qui bouchent le nez : KALIUM BICHROMICUM 7 CH.
- nez totalement bouché avec sensations de pincement à la racine du nez : STICTA PULMONARIA 5 CH.

• Pour les narines irritées, la pommade homéopathique Homéoplasmine fait merveille.

AIDE AU CHOIX

Homéopathie et phytothérapie sont les meilleurs moyens pour venir rapidement à bout des rhumes.

SINUSITE

Définition et causes

À la suite d'un rhume aigu banal, une douleur assez forte, avec des élancements, apparaît d'un seul côté de la face, soit au niveau de la joue (c'est alors une sinusite maxillaire) soit au-dessus de l'orbite (c'est alors une sinusite frontale). Les sinus frontaux et maxillaires sont en effet des cavités osseuses de la face, qui peuvent être colonisés par le virus du rhume et présenter une inflammation le plus souvent due à une surinfection bactérienne. Assez vite un écoulement purulent peut se manifester. Ces sinusites deviennent vite chroniques.

Traitement officiel

Pour diminuer la congestion, il existe en automédication plusieurs remèdes très efficaces déjà proposés dans le rhume : Rhinadvil® ou Rhinureflex®, 2 comprimés à renouveler si nécessaire quelques heures après (ne pas dépasser 4 comprimés par 24 heures) ; Rhinalair L.P. 120 mg®, 1 gélule matin et soir (ne pas dépasser 5 jours) ; Sudafed®, 1 comprimé 3 fois par jour ; Broncorinol®, 1 à 2 gélules, 3 fois par jour ; Neocitran®, 1 sachet, 2 à 3 fois par jour.

Ces produits étant souvent insuffisants, il faut passer aux perscriptions d'antibiotiques type Augmentin® ou Surgam®, et d'anti-inflammatoires type Solupred®.

Renforcer les défenses

Hygiène

• Si vous êtes atteint de sinusites chroniques, essayez d'éviter tous les facteurs déclenchants (rhume de cerveau, angine, rhino-pharyngite, simple coup de froid), qui, souvent, déclenchent une crise aiguë.

Précautions à prendre

• La cause d'une sinusite peut être dentaire. Il faut donc faire vérifier soigneusement l'état des dents au moins une fois par an.

Nutrithérapie

• La vitamine C à raison de 200 mg, 4 fois par jour, sous forme naturelle d'acérola et la quercétine, flavonoïde antioxydant, à raison de 500 mg, 2 fois par jour, aident à combattre l'inflammation.

Localement

• En cas de douleurs intolérables, il ne faut pas hésiter à faire appel au chirurgien O.R.L. pour une ponction évacuatrice.

Les plantes

• L'échinacée est une plante majeure dans la stimulation des défenses immunitaires contre les maladies infectieuses et singulièrement contre les sinusites. Prendre 100 mg d'extrait sec 4 fois par jour (gélules ou comprimés) en choisissant une préparation titrée à 3,5 % au moins d'échinacosides.

• Pour faire diminuer la congestion et favoriser l'écoulement du pus, utiliser des fumigations d'un mélange de 5 gouttes d'huile essentielle de lavande, 10 gouttes d'huile essentielle de pin, 10 gouttes d'huile essentielle de thym, 20 gouttes d'huile essentielle d'eucalyptus dans un grand bol d'eau bouillante dont on respire les vapeurs.

• Utiliser le citron sous toutes les formes.

Homéopathie

• Commencer très rapidement le traitement car la douleur peut être très vive suite à l'accumulation de sécrétions dans le sinus, sans possibilité d'élimination facile.

• Dès l'apparition des premières douleurs et d'un début d'écoulement, prendre 1 granule, 6 fois par jour, des remèdes choisis selon les circonstances :

- pus jaune verdâtre, adhérent, visqueux, difficile à expulser avec obstruction du nez et éternuements au grand air : KALIUM BICHROMICUM 7 CH.

- pus jaune, épais, visqueux avec obstruction du nez à la chaleur et écoulement important dans l'arrière-gorge : HYDRASTIS 7 CH.

- pus jaune verdâtre, strié de sang avec écoulements plus importants la nuit : MERCURIUS SOLUBILIS 7 CH.

- écoulement aqueux, abondant et irritant : KALIUM IODATUM 7 CH.

- pus jaunâtre avec douleurs brûlantes au niveau des sinus : MEZEREUM 7 CH.

• Dans tous les cas, prendre en même temps 10 granules d'HEPAR SULFUR 15 CH, 2 fois par semaine.

• Si les poussées de sinusite se répètent, consulter son médecin homéopathe pour faire une évaluation radiologique de la situation et commencer un traitement de terrain. Les remèdes homéopathiques sont toujours compatibles avec un traitement allopathique.

AIDE AU CHOIX

Les remèdes allopathiques sont souvent incontournables dans la sinusite aiguë. Utiliser l'homéopathie pour éviter le passage à la chronicité.

TOUX

Définition et causes

La toux est un acte réflexe de rejet de l'air contenu dans les poumons (par expiration forcée) suite à une irritation de la muqueuse respiratoire. C'est un mécanisme naturel qui assure le dégagement des voies aériennes.

La toux n'est qu'un symptôme qui, lorsqu'il persiste, doit obligatoirement amener à consulter son médecin homéopathe car il faut toujours faire le diagnostic d'une toux qui dure. Des examens complémentaires radiologiques et biologiques sont alors parfois nécessaires.

On distingue :

- La toux sèche, sans aucune sécrétion (pas d'expectoration), très gênante, fatigante et qui s'auto-entretient en aggravant l'irritation initiale. Cette toux doit impérativement être combattue.
- La toux grasse ou productive évacue le mucus produit en excès dans les voies respiratoires. Cette toux doit être préservée et même facilitée.
- Toux sèche et toux grasse peuvent s'exprimer sous forme de quintes particulièrement douloureuses et fatigantes.

Attention ! Certaines toux sont des urgences médicales :

- Toux avec troubles importants de la déglutition : il s'agit d'un corps étranger ou d'une fausse-route alimentaire.
- Toux avec expectorations rose saumoné et accélération du cœur : redouter un œdème aigu du poumon.
- Toux avec sang rouge dans la bouche : penser à un cancer des bronches.

- Toux sèche et douleur thoracique très violente : c'est vraisemblablement un pneumothorax.

- Toutes les toux avec mauvais état général.

Les causes

Les toux sont les signes les plus fréquents des affections de l'appareil respiratoire : rhinites, sinusites, rhino-pharyngites, angines, rhumes, laryngites, bronchites, trachéites, asthme, pneumonie, coqueluche, tuberculose.

Cependant, beaucoup d'autres maladies peuvent avoir ce symptôme dans leur panoplie : la grippe, certaines maladies cardio-vasculaires, les allergies, le tabagisme, un reflux du contenu de l'estomac vers le carrefour aéro-digestif, une compression de la trachée ou des bronches pour ne citer que les principaux exemples.

Traitement officiel

Le traitement fait appel aux médicaments antitussifs et fluidifiants. Il s'agit donc d'un traitement purement symptomatique. Ces produits n'agissent que sur la toux.

Il en existe un grand nombre utilisables en automédication.

- Pour les toux sèches, on utilise surtout la codéine et ses dérivés : Eucalyptine Lebrun® sirop, 6 cuillers à soupe par jour, Codotussyl toux sèche®, 1 à 6 capsules par jour, Trophires® sirop, 1 à 4 cuillers à soupe par jour ; et le dextrométhorphane : Actifed® toux sèche, 1 comprimé 3 fois par jour, Rhinathiol® toux sèche, 1 à 2 pressions 3 fois par jour, Ergix® toux sèche sirop, 1 godet de 5 ml, 2 à 6 fois par jour.

- Pour les toux grasses, on utilise des remèdes qui rendent l'expectoration plus facile. Les mucolytiques qui diminuent la viscosité du mucus : Codotussyl® expectorant, 1 sachet 3 fois par jour, Humex® expectorant, 2 comprimés 2 fois par jour ; les mucorégulateurs qui rétablissent une muqueuse respiratoire normale : Broncoclar®, 2 à 3 sachets par jour,

Drill® expectorant, 1 cuiller à soupe 3 fois par jour ; et les expectorants qui hydratent les mucosités : Pulmofluide®, 1 cuiller à soupe 3 fois par jour.

- En cas de toux rebelle, le médecin prescrira des antihistaminiques antitussifs (Bonchalène A®, Pneumopan®) qui ont également un effet sédatif.

Notons que les antibiotiques ne sont pas des remèdes de la toux, sauf quand celle-ci exprime une infection bactérienne de l'appareil respiratoire, ce qui est loin d'être la majorité des cas.

Renforcer les défenses

Hygiène

• Il faut supprimer tous les facteurs favorisant la toux : la fumée de tabac, les poussières, les vapeurs de toutes sortes.

• L'air chaud et humide est toujours favorable.

• Il faut boire beaucoup de liquide : le mieux est de prendre des tisanes plusieurs fois par jour en utilisant les plantes préconisées ci-dessous.

Les plantes

• L'échinacée est une plante majeure dans la stimulation des défenses immunitaires contre les maladies infectieuses. La toux n'étant qu'un symptôme lié, le plus souvent, à une bronchite ou à une broncho-pneumonie, cette plante peut donc être prise dans tous les cas. Prendre 100 mg d'extrait sec 4 fois par jour (gélules ou comprimés) en choisissant une préparation titrée à 3,5 % au moins d'échinacosides.

• En association ou en alternance avec échinacée, les plantes conseillées sont : anis, eucalyptus, hysope, thym, bourgeons de pin à utiliser en infusion, 1 cuiller à soupe de plante dans 250 cm³ d'eau bouillante, attendre 10 minutes ; 4 à 6 fois par jour.

Nutrithérapie

• Un complément alimentaire anti-radicaux libres est le bienvenu dans le traitement de toutes les toux. Prendre Oligoforme 6, 1 comprimé matin, midi et soir avant les repas pendant la durée de la toux.

Homéopathie

L'homéopathie est particulièrement efficace pour calmer une toux et parfois faire avorter la maladie sous-jacente. Pour choisir le bon remède, il importe de bien repérer la nature de la toux et son origine.

Toux sèche

• Affections du nez, du pharynx, des sinus. Prendre 1 granule 6 fois par jour de l'association : BELLADONNA 5 CH, NUX VOMICA 7 CH, SANGUINARIA 7 CH.

• Laryngites. Prendre 1 granule 6 fois par jour de l'association : ACONITUM NAPELLUS 7 CH, SPONGIA TOSTA 5 CH, SAMBUCUS NIGRA 5 CH.

• Trachéites. Prendre 1 granule 6 fois par jour de l'association : RUMEX CRISPUS 5 CH, STICTA PULMONARIA 5 CH.

• Trachéo-bronchites. Prendre BRYONIA ALBA 7 CH, 1 granule 6 fois par jour, et HEPAR SULFUR 15 CH, 10 granules tous les 3 jours.

Toux spasmodiques, quinteuses

• Prendre 1 granule 6 fois par jour et au moment des quintes du ou des remèdes choisis :

- avant l'apparition de l'expectoration : DROSERA 9 CH.

- avec expectoration abondante, visqueuse et claire : COCCUS CACTI 9 CH.

- avec nausées et vomissements qui ne soulagent pas : IPECA 9 CH.

- quintes incessantes avec contractures, spasmes du larynx et bleuissement de la face : CUPRUM 7 CH.

Toux grasses

• Prendre dans tous les cas 1 granule 6 fois par jour de : FERRUM PHOSPHORICUM 7 CH et HEPAR SULFUR 15 CH.

• Ajouter selon les circonstances :

- toux pénibles avec expectoration jaunâtre, visqueuse : KALIUM BICHROMICUM 7 CH.
- toux avec expectoration verdâtre, muco-purulente : MERCURIUS SOLUBILIS 7 CH.
- toux grasse le jour et sèche la nuit, avec expectoration jaune, épaisse : PULSATILLA 7 CH.
- expectoration provoquée ou aggravée par le temps humide : DULCAMARA 7 CH.
- expectoration purulente chronique : SILICEA 15 CH.
- avec nausées et vomissements qui ne soulagent pas le malade : IPECA 9 CH.
- expectoration difficile à éliminer : ANTIMONIUM TARTARICUM 5 CH.

AIDE AU CHOIX

L'automédication allopathique est plus rapide ; le traitement homéopathique, plus précis, évite les récidives. Il importe de garder à l'esprit qu'une toux n'est que l'un des symptômes d'une maladie à identifier.

ULCÈRE D'ESTOMAC

DÉFINITION ET CAUSES

L'ulcère d'estomac (ou du duodénum, partie d'intestin grêle qui suit l'estomac) correspond à une altération de la muqueuse de cet organe sous l'action de sa propre sécrétion acide. Cette ulcération peut aller jusqu'à la perforation.

Les symptômes sont typiquement des douleurs à forme de crampes, de brûlures, de torsion au creux de l'estomac et sous les côtes du côté droit. Elles irradient fréquemment en ceinture vers le dos. Elles apparaissent 1 à 4 heures après les repas, persistent jusqu'au repas suivant qui les calme et évoluent par crises d'une quinzaine de jours qui se répètent plusieurs fois par an.

Ces douleurs peuvent s'accompagner de nausées et de vomissements. Lorsque les troubles ne sont pas nets, seule la fibroscopie permet de visualiser directement l'ulcère et donc de faire le diagnostic.

On connaît aujourd'hui l'une des causes de cette maladie. Une bactérie nommée *Helicobacter pylori*. On la trouve dans 90 % des cas d'ulcère du duodénum et dans 70 % des cas d'ulcère de l'estomac. Sa mise en évidence se fait par tubage du liquide gastrique et par biopsie de la lésion observée par endoscopie.

Les facteurs psychosomatiques, seuls impliqués autrefois, comme le stress et les situations conflictuelles, ainsi que les facteurs héréditaires, continuent à jouer un rôle important.

L'alcool, le tabac et la prise de médicaments corticoïdes ainsi que d'autres anti-inflammatoires sont également des facteurs aggravants.

On compte 5 fois plus d'hommes atteints que de femmes pour une maladie qui se manifeste le plus souvent entre 30 et 45 ans, période du stress maximum.

L'estomac est particulièrement sensible aux stress et aux perturbations de la vie psychique. Il ne faut cependant pas laisser durer des troubles digestifs sans chercher à éliminer une cause grave. Les examens complémentaires mis en œuvre pour diagnostiquer l'ulcère permettront également d'éliminer un cancer de l'estomac.

Traitement officiel

L'automédication à visée curative est impossible. Il est donc impératif de consulter un médecin.

Quand on retrouve *Helicobacter pylori*, le traitement curatif associe trois médicaments pendant 1 semaine : le Mopral®, le Zéclar® et le Flagyl®, c'est-à-dire un produit anti-acide et deux antibiotiques. Le résultat est contrôlé après 1 mois.

On peut associer des médicaments pansements anti-douleur comme le Maalox®, le Phosphalugel®, le Gelusil®. La chirurgie a perdu beaucoup de ses indications. On ne l'utilise plus que dans des formes récidivantes ou compliquées. On pratique alors une vagotomie hypersélective qui sectionne les seuls filets nerveux responsables de la sécrétion acide et obtient de très bons résultats.

Enfin, psychothérapie et psychanalyse peuvent être indiquées pour améliorer un comportement anxieux favorable à une éventuelle récidive.

Renforcer les défenses

Hygiène

• Supprimer le tabac et le café. Limiter la consommation de vins et d'alcools. Éviter la prise d'aspirine, qui doit être remplacée par le paracétamol.

• Pour soigner les troubles digestifs, améliorez l'hygiène alimentaire, augmentez l'activité physique (marche et sports) et recherchez la sérénité.

• La présence d'un ulcère attire l'attention sur un profil psychologique particulier qui doit être traité par une hygiène de vie et des remèdes de fond à choisir de préférence parmi la panoplie des médecines alternatives.

Nutrithérapie

• Les caroténoïdes qui sont les précurseurs de la vitamine A contribuent à la protection de la paroi gastro-intestinale.

• Un complément alimentaire anti-radicaux libres est utile dans le traitement des ulcères. Prendre Oligoforme 6, 1 comprimé matin, midi et soir avant les repas pendant plusieurs semaines.

• La vitamine C à raison de 200 mg, 4 fois par jour, sous forme naturelle d'acérola et la quercétine, flavonoïde antioxydant, à raison de 500 mg 2 fois par jour, aident à combattre l'inflammation.

Les plantes

• Consommer beaucoup de citron et prendre 2 fois par jour des infusions de camomille et de sauge.

• Le jus d'aloe vera réduit la sécrétion acide de la muqueuse et a aussi des propriétés cicatrisantes. Boire 300 ml 2 fois par jour.

Homéopathie

• Prendre ARGENTUM NITRICUM 15 CH et KALIUM BICHROMICUM 9 CH, 1 granule matin et soir en complément du traitement classique allopathique.

• Le traitement de fond, prescrit par un médecin homéopathe, sera aussi très utile pour traiter l'aspect psychosomatique de la maladie.

AIDE AU CHOIX

Compte tenu de la très bonne efficacité et de la brièveté du traitement allopathique, il doit être appliqué en première intention. Le traitement de terrain pour éviter les récidives revient aux médecines alternatives, voire à la psychothérapie.

URINAIRE (INFECTION)

DÉFINITION ET CAUSES

L'infection urinaire résulte de la contamination et de l'infection de l'urine, normalement stérile, par une bactérie. Il en résulte une inflammation importante de la vessie et de l'urètre. Les mictions sont douloureuses et l'urine apparaît trouble et parfois sanglante. Le risque est de voir l'infection se propager par l'uretère jusqu'aux reins pour déclencher une pyélo-néphrite toujours grave.

Cette affection touche majoritairement les femmes.

TRAITEMENT OFFICIEL

Il s'agit toujours d'un traitement antibiotique prescrit le plus souvent à la suite d'un antibiogramme. Mais les récidives sont fréquentes.

RENFORCER LES DÉFENSES

Hygiène

• Boire beaucoup, de l'eau, du jus de légumes ou des jus de fruits, ce qui élimine les bactéries de la vessie.

Diététique

• Pendant la période du traitement antibiotique, il est recommandé de manger des yaourts à l'acidophilus ou au bifidus ainsi que 2 g, 4 fois par jour, de fructo-oligosaccharides qui en favorisent la croissance pour rééquilibrer la flore intestinale et toutes les flores naturelles.

Nutrithérapie

• La vitamine C à raison de 200 mg, 4 fois par jour, sous forme naturelle d'acérola et la quercétine, flavonoïde antioxydant, à raison de 500 mg 2 fois par jour, aident à combattre l'inflammation et contribuent à espacer voire à supprimer les récidives.

Les plantes

• Le chiendent, la fleur de sureau et la prêle sont recommandés en infusion, à raison de 4 tasses par jour en période de crise. En dehors des épisodes infectieux, prendre une tasse par jour pendant des mois.

• L'airelle a la propriété particulière d'empêcher les bactéries de se fixer aux parois de l'appareil urinaire. Prendre 400 mg d'extrait 2 fois par jour, sous forme de gélules ou de comprimés.

Homéopathie

• Dès les premiers symptômes, prendre : FORMICA RUFA 5 CH, CANTHARIS 5 CH, MERCURIUS SOLUBILIS 5 CH, 1 granule de chaque tous les quarts d'heure à espacer selon l'amélioration, avec 10 granules de COLIBACILLINUM 15 CH tous les jours.

AIDE AU CHOIX

L'antibiothérapie est ici pratiquement toujours justifiée au moment des crises. En revanche, les traitements qui renforcent l'immunité sont les seuls qui permettent d'éviter les récidives.

VERRUES

Définition et causes

Les verrues sont de petites tumeurs bénignes de la couche superficielle de la peau. Provoquées par des virus, elles sont donc contagieuses. On les trouve localisées de préférence sur les parties du corps en contact avec l'extérieur : les mains, les pieds, le visage. Elles se présentent sous différents aspects : petites excroissances cornées, rugueuses, sur les mains, de couleur grisâtre ou jaunâtre, petites taches plates, ocres ou brun clair, souvent sur le visage, petites masses pédiculées (rattachées à la peau par un petit pied plus fin que la verrue) souvent sur le cou ou au creux de l'aisselle ou grosses plaques cornées très dures enfoncées dans l'épaisseur de la peau de la plante du pied.

À partir d'une verrue mère, par grattage et contact, on peut disséminer l'infection et voir apparaître des verrues autour de la première ou à distance sur d'autres parties du corps. Il est donc recommandé de traiter toute verrue dès son apparition.

Les verrues plantaires sont les plus invalidantes surtout lorsqu'on les a laissées évoluer durant plusieurs mois. Elles ont fréquemment pour origine une contamination en piscine. Deux signes sont importants pour les distinguer des durillons : les verrues plantaires sont douloureuses à la pression forte et elles font disparaître le dessin normal des sillons épidermiques de la plante du pied.

Traitement officiel

En automédication, on utilise le Verrulyse-Méthionine® (magnésium, manganèse, fer, calcium et méthionine), 2 à 4 comprimés par jour et des applications locales de produits comme le Kérafilm®, merveilleux petit produit qui contient de l'acide salicylique, de l'acide lactique et du collodion. Ce mélange à fort pouvoir corrosif local ronge la verrue. Une petite spatule permet de déposer avec précision le liquide visqueux sur celle-ci. Au contact de l'air, Kérafilm devient solide et forme une croûte blanchâtre qui adhère fortement à la lésion. Laisser agir deux ou trois jours puis gratter. Si la totalité de la verrue n'a pas disparu, refaire de nouvelles applications jusqu'à l'éradication.

Attention : il faut éviter de mettre du produit sur la peau saine qui pourrait être irritée.

Ce produit associé à l'homéopathie et au magnésium est particulièrement intéressant pour les verrues plantaires. Laisser Kérafilm agir deux jours puis gratter la lésion et enlever les parties mortes au ciseau. Faire une nouvelle application et recommencer. On vient ainsi progressivement à bout des atteintes les plus extensives et on évite les interventions chirurgicales parfois très traumatisantes.

Des techniques de destruction des verrues sont également proposées : la cryothérapie à l'azote liquide : la verrue est brutalement congelée et tombe en 2 à 3 jours ; l'électrocoagulation qui nécessite un bistouri électrique et se pratique sous anesthésie locale ; le laser et la chirurgie, notamment pour les verrues plantaires. Toutes ces méthodes sont agressives, peuvent être douloureuses et laisser des cicatrices.

Chaque fois qu'une verrue est bizarre, qu'elle saigne ou qu'elle apparaît sur un grain de beauté, elle doit être extirpée chirurgicalement et confiée à un anatomopathologiste pour examen microscopique.

Renforcer les défenses

La plupart des verrues disparaissent d'elles-mêmes en moins de deux ans. C'est dire qu'il ne faut pas se précipiter sur les techniques agressives. De plus, l'automédication est presque toujours possible et très souvent efficace.

Hygiène

• Éviter absolument de gratter une verrue au risque d'en implanter une série partout sur le corps par autocontamination.

• Éviter les piscines dont l'hygiène laisse à désirer.

Précautions à prendre

Deux précautions sont très importantes.

• La première est impérative : il ne faut pas confondre une verrue avec un grain de beauté car celui-ci ne doit en aucun cas être agressé par un moyen mécanique ou un produit irritant quelconque au risque de le voir se transformer en cancer grave appelé mélanome. Un grain de beauté est une lésion de la peau soit complètement plate et incluse dans la peau, soit légèrement surélevée mais toujours brun foncé ou presque noire. Sa couleur permet le plus souvent d'éviter toute confusion. En cas de doute, faire appel à un médecin pour le diagnostic différentiel.

• La deuxième concerne les sujets diabétiques dont la fragilité des pieds est bien connue et qui doivent toujours agir avec une grande prudence vis-à-vis des verrues.

Les plantes

• La teinture-mère de thuya s'utilise en application directe sur la verrue en alternance avec les applications de Kérafilm (par exemple 8 jours/8 jours).

• On peut faire de même avec l'huile essentielle de l'arbre à thé ou l'huile essentielle d'ail.

• On peut aussi fabriquer une lotion de vinaigre dans

laquelle on a fait macérer pendant 8 jours la peau de 2 citrons. On badigeonne les verrues avec ce produit.

Nutrithérapie

• Prendre du magnésium : Oligocéan XTRA, 3 comprimés par jour pendant 1 mois ou Biomag, 2 comprimés par jour pendant 1 mois.

• Prendre de la levure de bière qui apporte toutes les vitamines du groupe B. Le complément alimentaire Microlev à raison de 2 comprimés 2 fois par jour.

Psychothérapie

• Chez l'enfant : automédication psychologique.

Demander à l'enfant de poser sa main couverte de verrues sur une feuille de papier et lui en faire tracer les contours. On dessine ensuite les verrues à leur place et on demande à l'enfant de les barrer d'une croix comme pour les éliminer. Dans quelques cas, elles disparaissent spontanément dans les dix jours qui suivent, ce qui implique une participation psychosomatique à cette infection virale !

Homéopathie

• Elle est très utile car régulièrement efficace. Dans tous les cas, prendre THUYA 15 CH, 1 dose par semaine, et BERBERIS 9 CH, 3 granules le soir avant le repas, 1 mois.

• Puis, selon l'aspect des verrues, prendre 1 granule matin et soir, 1 mois, de :

- ANTIMONIUM CRUDUM 7 CH, pour des verrues cornées, dures et souvent douloureuses quelle que soit la localisation.
- CAUSTICUM 7 CH, pour de grosses verrues claires et molles rattachées à la peau par un pédicule, souvent localisées au bord des ongles, autour du nez, au bord des lèvres, aux aisselles.
- NITRICUM ACIDUM 7 CH, pour des verrues plates, larges, fissurées, qui saignent facilement, parfois douloureuses, souvent sur le dos de la main.

- GRAPHITES 9 CH, pour les grosses verrues, spécialement des doigts, en association avec ANTIMONIUM CRUDUM.
- DULCAMARA 7 CH, pour des verrues plates, assez larges, lisses, souvent sur le dos de la main ou sur le visage.
- SABINA 7 CH, pour les verrues des régions anales avec démangeaisons et sensations de brûlures.

AIDE AU CHOIX

L'association Kérafilm, teinture-mère de thuya, homéopathie et Oligocéan XTRA vient à bout de plus de 90 % des verrues quelle que soit leur localisation.

ZONA

Définition et causes

Le zona est une maladie infectieuse due au virus de la varicelle-zona qui, après avoir provoqué, le plus souvent dans l'enfance, la varicelle, reste quiescent dans l'organisme pendant de longues années bien à l'abri dans le système nerveux, et se manifeste, soudain, de nouveau, sous la forme d'une éruption sur la peau et les muqueuses appelée « zona ». On compte 200 000 nouveaux cas chaque année et la probabilité d'apparition augmente avec l'âge.

Cette éruption plus ou moins douloureuse (généralement des sensations de brûlure) prend la forme de vésicules pleines de liquide plus ou moins transparent parfois hémorragiques, qui apparaissent en 2 à 3 poussées successives, se dessèchent et évoluent spontanément en 2 à 3 semaines vers des croûtes qui laissent des cicatrices.

Les lésions sont toujours d'un seul côté du corps. Elles se rencontrent, dans 90 % des cas, sur le trajet des nerfs qui sortent du canal rachidien le long de la colonne vertébrale. Le zona intercostal est le plus fréquent.

Le zona ophtalmique est assez rare mais grave. Il touche le visage dans sa partie supérieure, peut atteindre la cornée et compromettre de manière irréversible la vision. C'est une urgence médicale.

Une fois les vésicules complètement cicatrisées, des douleurs séquellaires lancinantes (fourmillements, hypersensibilité) ou parfois très aiguës (élancements, brûlures, décharges électriques, sensation d'arrachement) peuvent perdurer durant des semaines voire des années dans les zones atteintes, survenant par périodes de durées inégales.

Traitement officiel

Le traitement vise d'abord à soulager la douleur en utilisant l'association paracétamol et Laroxyl®. La morphine peut être prescrite dans les cas graves.

L'aciclovir (Zovirax®) fut le premier antiviral à avoir démontré son efficacité (cf. le chapitre « Herpès »). Un dérivé est maintenant commercialisé : le valaciclovir (Zelitrex®). Ils sont surtout utilisés dans les formes ophtalmiques de la maladie et chez les personnes qui ont de mauvaises défenses immunitaires.

En cas de surinfection des vésicules suite au grattage de la peau, des antibiotiques par voie orale sont prescrits.

Les douleurs séquellaires (appelées postzostériennes) sont traitées par certains médicaments antidépresseurs comme le Laroxyl®.

Le zona est peu contagieux. D'ailleurs, la plupart des gens qui pourraient contracter le virus hébergent déjà celui-ci depuis leur varicelle enfantine. On demande donc simplement qu'une personne atteinte de zona ne soit en contact ni avec des femmes enceintes, ni avec des sujets aux défenses immunitaires faibles (leucémiques, cancéreux, sidéens), ni avec de jeunes enfants n'ayant pas eu la varicelle.

Toute suspicion de zona ophtalmique impose la consultation en urgence d'un ophtalmologue et la prise des antiviraux indiqués ci-dessus.

Les personnes âgées, les sujets dont les défenses immunitaires sont déficientes ou celles qui prennent des drogues anticancéreuses doivent également consulter d'urgence.

Attention : la cortisone et ses dérivés sont contre-indiqués.

Renforcer les défenses

Hygiène

• Douche ou bain à l'eau tiède, 2 fois par jour, avec un savon sans antiseptique sont recommandés.

• Le talc, les crèmes, pommades ou gels sont tous déconseillés.

Acuponcture

• Une séance d'acuponcture dès l'apparition des démangeaisons et des premières vésicules donne souvent des résultats miraculeux. La technique est simple : elle consiste, suivant l'enseignement de Jacques Lavier, à placer des aiguilles sur des points d'acuponcture qui encerclent toute la zone pathologique. Encore faut-il trouver un praticien sérieux et le faire dans l'urgence !

Nutrithérapie

• La prise d'un complément alimentaire contenant un apport de magnésium est très bénéfique pour raccourcir l'évolution de la maladie : prendre 3 comprimés d'Oligocéan XTRA, 3 fois par jour, pendant 10 jours.

Les plantes

• L'échinacée est une plante majeure dans la stimulation des défenses immunitaires contre les maladies infectieuses et singulièrement dans le zona. Prendre 100 mg d'extrait sec 4 fois par jour (gélules ou comprimés) en choisissant une préparation titrée à 3,5 % au moins d'échinacosides.

• Localement, Tégarome, mélange d'huiles essentielles, donne de très bons résultats en applications locales sur les vésicules de la peau (mais pas dans l'œil !).

• Des applications de gel d'aloe vera peuvent entraîner un soulagement rapide de la douleur.

Homéopathie

• Dès les premiers symptômes, prendre le plus tôt possible : STAPHYLOCOCCINUM 15 CH, 10 granules, et 6 heures plus tard, SULFUR 9 CH, 10 granules. Puis, aussitôt après : RHUS TOXICODENDRON 7 CH, CANTHARIS 7 CH, ARSENICUM ALBUM 7 CH, 1 granule de chaque, toutes les 2 heures à espacer selon l'amélioration.

• Si les vésicules deviennent bleutées ou violacées ou si elles contiennent un liquide épais, jaunâtre, prendre de préférence : MEZEREUM 7 CH et RANONCULUS BULBOSUS 7 CH, 1 granule de chaque toutes les 2 heures, à espacer selon l'amélioration.

• Les douleurs qui surviennent plusieurs mois après que le zona est guéri répondent bien aux remèdes homéopathiques : HYPERICUM 30 CH, MAGNESIA PHOSPHORICA 15 CH, CAUSTICUM 15 CH, 1 granule de chaque, matin et soir pendant des semaines. En cas d'insuccès, consultez votre médecin homéopathe qui prescrira un traitement de terrain.

AIDE AU CHOIX

Traitement classique antiviral en cas de zona ophtalmique et chez les personnes aux défenses faibles. Homéopathie, acuponcture, magnésium et Tégarome pour les autres formes.

Conclusion

Au terme de cet ouvrage, se pose la cruciale question de l'avenir des antibiotiques. Ces remèdes qui ont contribué à tant de guérisons et qui ont suscité tant d'espoir sont-ils appelés à disparaître ? Et si la réponse est positive, par quels médicaments ou par quelle démarche thérapeutique seront-ils remplacés ?

Le premier élément de réponse se trouve dans les résultats déjà obtenus par certains pays scandinaves dans la maîtrise de la résistance des bactéries. Grâce à un effort exemplaire, maintenu pendant plusieurs années, de contrôle des prescriptions d'antibiotiques, le niveau de résistance des bactéries pathogènes est redescendu, dans ces pays, à celui que l'on pouvait observer il y a cinquante ans. On peut donc penser que les antibiotiques continueront d'être employés pendant de nombreuses années, dans les cas sérieux et graves, et qu'ils garderont un bon niveau d'activité du fait de leur faible utilisation.

Le deuxième élément de réponse se trouve dans les recherches sur les défenses immunitaires et sur la neuro-psycho-immunologie. Comme nous avons essayé de l'expliquer, la médecine, appuyée sur les résultats de ces travaux, est en train de revenir à une conception beaucoup moins mécaniste et beaucoup plus globale de la personne humaine. Des faisceaux d'arguments montrent, désormais, que nous aurons bientôt accès à des systèmes de régulation de notre organisme, que nous ignorons aujourd'hui.

Un jour nous saurons sans doute, sans l'utilisation de drogues, nous forger un moral de vainqueurs dans ce combat qui nous oppose fréquemment aux microbes.

Bibliographie

La phytothérapie. Dr Jean Valnet. Le Livre de Poche. Maloine Éditeur. 1972.

Aromathérapie. Dr Jean Valnet. Le Livre de Poche. Maloine Éditeur.1964.

Se soigner seul par l'homéopathie. Dr Gérard Pacaud. Éditions Marabout. 1994.

Le guide de l'homéopathie. Dr Gérard Pacaud. Éditions Marabout. 2000.

Homéopathie, mode d'emploi. Dr Gérard Pacaud. Éditions Marabout. 2001.

Homéostress. Dr Gérard Pacaud. Éditions Hachette. 1994.

Aux petits maux les bons remèdes. Dr Gérard Pacaud. Éditions Kiron. Philippe Lebaud. 2001.

Dictionnaire des termes de Médecine. Garnier et Delamare. 23e édition. Maloine Éditeur.

Tasker et al., *The Lancet.* 2001 ; 358 : 656-701. Essai d'un mélange immunostimulant sur des patients à haut risque d'infection en chirurgie cardiaque.

Pour la science. Dossier hors série : Les défenses immunitaires. Octobre 2000.

Table des matières

Grippe 164
Prevention 167
Yersin 15 Ch 10g/15 jours

Du même auteur chez Marabout :

- *Se soigner seul par l'homéopathie* (poche n° 2727)
- *Je soigne mon enfant par homéopathie* (poche n° 2861)
- *L'homéopathie au féminin* (poche n° 2872)
- *Guide de l'homéopathie* (collection Référence)
- *Homéopathie mode d'emploi* (collection Pratique)

2905

IMPRIMÉ EN FRANCE PAR BRODARD ET TAUPIN
27487 - La Flèche (Sarthe), le 21-01-2005

pour le compte des
Nouvelles Éditions Marabout
D.L. n° 54617 - janvier 2005
ISBN : 2-501-043413
40.9295.3/01